佐々木久春詩集

Sasaki Hisaharu

新・日本現代詩文庫

165

土曜美術社出版販売

新・日本現代詩文庫　165　佐々木久春詩集　目次

詩篇

季節のうた

詩集『羽州朔方』（二〇〇八年）抄

Ⅰ

Ⅱ

Ⅲ

Ⅴ

詩集『土になり水になり』（二〇一四年）全篇

解説

詩篇

詩集『青』（一九六二年）抄

1

雪原

また　あなたは
たった一本の琴線に
手をかける　腐臭のよどみ
と　まどろみの中
だから　私は　重い胃の腑をひき
ずって雪原まで行く――
そこには　はるかな地平まで点々と
連なる血痕がある
この悲しい粉雪を掬いとって
両の掌中に　私は
血痕の花片を見失うまいとした――
だが　朝日の一条が
襲いかかると
ああ　音高く琴線は鳴響き
明日へのあなたの時間に
私を　連れ去るのだ
この虚しい掌
と　そして地平までつづく
一条の血痕

Pompeii
――十九世紀のうた――

透明な固形が
音をたてて崩れたのは

あの時だった。
それは
粘液を失った
月光の領分にふさわしい。
深海魚の世界との
間にひかれた渚は
誰のもの。
キノコ雲
が最後の　pride
だった。
それを揺すった
のも誰
原子灰は
皮膚から迫ってくる。
べとべとした心臓をとりだし
乾いた眼で
しっかり抱いて

失った　rondo
にあわせて踊ろう
化石の奴隷
が横たわる
白い街並みを。
未来派劇から逃れて
灰の町に行く足跡は
神の位置で
音をたてている。

2

きどつたヘリコプター

ヘリコプターが行く。

ぼくはブルースを感じている
そんなに高くはないこの高度
方向と歩みのないこのヘリコプター
ヘリコプターが行く。
あそこでぼくは生を受けたんだ
多彩色の我が郷土
ぼくはあそこで生まれたんだ
ヘリコプターが行く。
街の区劃
乱反射でただれてみえる
ジャズのアトム
アメーバーのキスが流れている
ヘリコプターが行く。
ぼくはとびおりることも
とび去ることもできない
ぼくのあそんだあの道
チンドン屋さんが通る

ぼくの赤い友だちが嫌ってた
コーヒーの匂がする
ウイスキーの中を泳ぐあの娘《こ》も
のぼりとじんみんの旗が連る我が郷土
そしてぼくは
妙に胸につかえる音をたてて
ヘリコプターの上。
だからぼくは青
真昼に大時計が嗤い
黄色いサイレンが泳ぐ
その中を
ぼくはブルースで
ヘリコプターが行く

3

魚雷

酔い痴れ
た肉
の中で
眼球だけ
が僕を離れていた

小都会
の僕の秋
それは海
が街

銀白色
魚雷
波

正午のデパートの階段
を突きぬけたり
深夜のペーヴメントの
空気に突きささったり

分解して
拡散して行くもの
スクリューはあの岩陰
胴体は黒潮
方向舵は魚の腹の中
に

そして今

僕の愛する微粒子は
四次元の向うに
煙となる

詩集『光と水と風の音』（一九九三年）抄

I

春の花たち

君は　たね
君は　みず
君は　しんめ
君は　つち
そして
君は　ねっこ

えだは大空に手をひろげ

君は　みき
君は　ひかり
君は　こえだ
君は　くうき
　そして
君は　しべ

　ねはがっちり地球をつつんだ

そう　そしてみんな花
大きい花　小さい花
あかるくわらう
花　花　花
　そして
花

（児童役員会任命式）

ありがとう

ありがとう　みんなみんな　ありがとう
きみはわたしに　わたしはきみに　あなたは　み
んなに
ありがとう
人は見えない糸で結ばれているんだ
お父さん　お母さん　チャオとチャム　まだ　名
　前のないチャオの子　うさぎたち　とりたち
風も草も木も　ありがとう
日本はいま朝
フランスはまよなか　ボストンもロンドンも夜
でも見えない糸で結ばれている
だから　世界中に　ありがとう
世界中のおじさんおばさん　ありがとう
きみの　わたしの　無数の糸は

短いのも　長いのも　そのさきに　あなたがいる
　きみたちがいる
おなじ星に住む　ぼくたち　わたしたち
きみとは　よくけんかするから　ともだちだ
お母さんにしかられて　そよ風のムチでぶたれた
おなじ星に住む　ぼくたち　わたしたち
きみとは　とことん話しあうから　ともだちだ
お父さんに言われた　行け風の中へ　と
世界中のみなさん　ありがとう
そして友だちみんな　ありがとう
うわっつらな　つきあいではなかったはずだよ
みんないっしょに　ぶつかってもえて
いっしょにつっぱしって　でもいっしょに目をつ
　ぶって
こんな日をすごした　おなじ星に住むなかまだ
だから
だから　ありがとう

ふりかえってみると　ずうっと　いろんな人との
　であいがあった
あなたとは　近づいていくと　友だちになった
友だちになったら　おたがいに光りだした
でも　つまずいた　ころんだ　けがもした
おしたりひっぱりしてくれた　みなさん
世界中のお兄さんおねえさん
世界中のみんなの中の　あなた
ありがとう
朝の光が　きりの中からさしてくる
世界中のどこからも　朝がくる
朝のむこうに　えがおがある
行く人にさよならはいらないよ
と教えてくれた　きみ
行く道はまっすぐだが立ちどまらないでね
と教えてくれた　あなた
だから

さあ　さよならもなく立ちどまらずに
ただ　ありがとう　と声をかけ
みんな行こう
みんなみんな　ありがとう
みなさん　ありがとう
世界中に　ありがとう　ありがとう

「チャオ」と「チャム」は動物舎の
お父さん山羊とお母さん山羊

（みんなでありがとう集会）

Ⅱ

つらら

ターロンペ

タラ　ロッタラ　ロッタラ
ツーラーラ
ツータラ　ツータラ　ターロンペ
のきに朝日が
きーら　きら
お山に雪が
ぴーかぴかッタラ
ターロンペ
タラ　ロッタラ　ツーラーラ
タラ
タラ　タラ
ターロンペッタラ　ツーラーラ

（三学期　始業式）

友だちチイコとの対話

チイコ大空へ

チイコ　チイコウ　おまえ男か　女か？
知らないよ！
どこから来た？
知らないよ
まあいいや
ね、ね、ね　秋は秋っつうのは始まりか　それと
もおわりか

うーん
ねぇ
木の葉が赤くなって落ちてきた
つぎの日　また木の葉が黄色くなって落ちてきた
でも落ちたかと思ったら
葉っぱたちは船になって
秋の青い空　大きい空の海に
雲の白い波をけたてて
元気に船出していったよ
だから秋は　みのりの　出発の秋だ
おわりじゃなく　はじまりだよチイコ！
ふぅーん
でもね　空が暗くなって　冷たい雨が降ってくる
ぞ
チイコゥ　それはね

もっと明るい朝が来るための夜
秋は大きな船　ほかほかあったかだよ
とてもゆったりした大きな秋の船にのって行こう

うん

じゃあ　またね　チイコウ

（全校集会）

ひまわりとくじら　そしてかぞえうた

七月の日本

鯨がほえて
海に朝がくる
ひまわりが風に吹かれて
くるくるまわる

また鯨が
ひと声おおきくほえて
雲の上にとびあがり
太陽のむこうに
かけあがる

季節のまわりに
ディドン　一
すずめが一羽

ディグ　トン　二つ
からすととんび

ちんとんとん　三つ
おさるの親子

キィーン　こんこんこん　四ーィ
白あり四ひき

どどどどど　五
ゴリラのドラム

みんなうれしいね

ぴぴぴ　ぴぴぴ　六つ
ひよこさんたち

チロリン　てぃってぃっとん　七つ
こやぎさん

ぶぶぶ　ぶん　ぶん　ぶうん　八
みつばち　ぶうん

こここ　こここ　ここ　九つ
きつつきさん

ろりろん　ろおん　ゼロ
みーんな　きえた

そして　そしてね
つゆ草と月見草が
風を追って
あしたの裏がわに
かけのぼる
七月の夜が
金色に
くれていく

（校内放送のために）

いのちのとき

いのちのかすかなゆらぎが
急におもい霧を蹴やぶると
よくひびく泣き声
やがてせせらぎのようにほほ笑みがあふれた
大きな偶然のめぐり合い
わたしはおののきふるえる

いのちの底に灯がともり
青い風が吹き出すと
わたしの心はおまえのことでいっぱいになった
朝あけの光のなかで
夕ぐれのかがやきのなかで
わたしはおののきふるえる

夢色の空が大きくひろがって
未来鳥はかろやかに舞う
ゆさぶれ　しなやかな梢を
でも青い実が落ちないように
でかけていったおまえがまた夕暮にきらりと帰っ
　てきて
わたしはおののきふるえる

烈しく降った雨があがり
しずかに野がうたう
東の空にゆったり虹がかかり
お前はちょっとふり返ったが
いきなり虹のなかへかけ出して
わたしはおののきふるえる

おまえのことでいっぱいだった
いつもおまえのことでいっぱい

そして過ぎていく今日のなかで
せめてわたしの心づくしは
忘れることを忘れて
（わたしはおまえを愛しているよ）と
ゆっくりくり返しうたうことだけ

（ＰＴＡ卒業を祝う会で）

ある朝あなたとあの子は

期待の中にあなたはたたずんで
じっとみつめる
あなたは　あの子で
あの子は　あなたで
眺める風景はつぎつぎに
そっとあなたたちをつつむ
すべては大きな光の中に

過ぎゆく思い
そしてやってくる期待
風や光や水がきらめき
すべての出会いに
あなたは　そしてあの子は
旗のようにふるえている

あなたをささえる花がある
あの子はつみとる
その茎からしたたる重い液
陽光にそれはきらめく
きらめきはやがて明るいフーガとなって
果てしなく天にひろがる
やがてあなたもあの子も走り出す
止まれ　走るな
走りながら微笑むことはできない
立ち止まれば

ほら足もとに小さな花も咲いている
頬にそっと触れていく風と
話をすることもできる

ある美しい夏の日の朝
小鳥がなくのをきいて
あなたもあの子も歩をとめる
期待の中にたたずんで
眺める風景は
そっとあなたたちをつつむ
すべては大きな光の中に

（ＰＴＡだより）

『佐々木久春詩集』（一九九九年）抄

深淵Ⅰ

序詩

暗い海で
私は
死ぬのは簡単だと思う。

太陽のかけらを
腐臭の手でもって
沈んでいった男が
きのうも居たという、

それでも
あいさつはさいごに
ことばを残していった、

私の深淵は
ことばを拒否する。

暗い海で
私は
死にたいと思う。

海

——あるしずかな午後

ねむるということの
やさしさ

と
不安
うねる神々の
ささめき

波にはらばうと
烈しい痛みが
後頭部から
空にのぼって行く
私は嘔吐をこらえる

そのまま
ただようのだ
そして
やさしさと不安を
口にふくみながら
解体して

暗くしかし透明な
深いふるさとへ
もどるのだ

つかえ

日常の中にひどいつかえがある
きのうからきょうに大きなかげりがある。
ゆたかな幻想の日々をくだく
巨大なものが必要だ。

机の下に転がった
一本の鉛筆が
ずっと以前の嵐の日に
去っていった彼の
ぬくもりをかすかに伝える。
だから勲章のかわりに
空を覆う明日の驚愕が必要だ。

時

過ぎ去った日々の
かぎりない嫌悪と空虚に
犬のようにすくみ
時を裏がえしてみる

いろ褪せたページを
ずたずたに切り裂き
おれの領分に

洞穴を掘る

空と川が美しい
流れるものよ
そして
苛立ちに
じっと耐えるものよ

旅立ち

朝が月をいたわり
風がビルの窓を通りぬけると
私は旅立つ。

湧きあがるものを
思いっきり

かなたの山なみに
蹴上げて。

走る
日輪の哄笑に身をとかし
とぶ叫ぶ
雲を身にまとい。

光失せた
星と涙を冠につけて
急ごう
夜が月をいたわる前に
やることがある。

いのち

美しくこみあげるもの
うず潮のように
こらえかねて
くっくっと笑って
太陽がそれに
たっぷりといろどりをそえ
いまふき出してくるもの
さらりとして
もえやしない
かわきやしない
泣きもしない
やぶけもしない
つっぱしりもしない
いかりとちがう

一歩手前の
極限にわきあがるもの
ゆったりとはげしく
じいっと　そう　じいっと
でも耐えるなどという
不健康なことはしないで
ゆっくり大空の円盤に
手をかけ
大地のなつかしさに
みるく色のきりのように
とけこもう

雲と不安

軽い輪と
重い輪と

命のおわりの
雲にのり
ゆれたり
とまったり

見ろ
霧にかくれて行く
過去
と
どろっとした
あなたの軌跡

いつから
あなたは風になり
私の背後にまわる
私はだまされないように
執拗にうたぐりぶかく

雲の中の
あなたをまさぐる

旅の雲は
あなたと私の間の
不確かな生の証明

作品 I

何がそうさせたのか
それは
いつもきいていたが
ぼくは応えて
かれはみじめにしぼんで
ぼくはもっとみじめになって
とてもきれいないちょうの葉が

一枚
散ってそして
みんなからはなやかな惜別
のことばを受けて
さて
腹でも切ろうかと思いながら
卑怯だといわれそうなのを
心配して
にっこり笑ってみた

作品 II

もう本当に
生き生きと蒼ざめる彼女に
粋な気どりを
彼なりに考えて
時に日本の将来を思って
必死に心配したあまり
ウイスキーを呷り
ついに自爆っていうことの
意味を考えさせられ
やっぱり卑怯にそれもやめて
どうやって格好よく沈黙するって
来年の友にいわれ
ちくしょう
とばかまるだし
さあさあ
歯をみがく時間ですよ

石と鳥

石はむかし鳥だった

はねが重いから
鳥は石になったという
石になったから
石は鳥より速く翔ぶ
ただ
飛び立てない悲しみは
かれを冷たくした
でも石は
翔ばないから
石の鳥は
鳥より美しい
だが鳥よ
石になるとおもうなよ
鳥は鳥のうち
鳥なのだから

くらげのいる沼の怒りとさびしみの風景

さあ行こうと言ったが誰も返事をしない
どうしてだまっているのか約束したはずではない
か
怒って焦ってじれてついにかれの胸に空洞ができ
る

人々はみなそうだったと思う
道などもともとないのだとも思う
いつも人はたゆとうてくらげのように
でもくらげのようにしなだれなくてもいいじゃな
いか
きのうのみずすましがなつかしい

霧のむこうに日がでてきたらしい
水は乳白色で風もないのにかすかに耳もとで波がはねる
ここは海かと思うと海でもない
海であってほしいが
ここはみんなでたくらんだ山あいの沼
わずかに膝から下がきしみ
傷ついたらしい足の指がひりひりする
しかし魚もいないこの沼にどうしてこうしているのか
ＰＨ４の水が空洞にしみる

みんなどうした広場で一緒だった人々は
どろどろととけあって
おどりくるっていた人は
どこへ行った好奇と猟奇
と好色と汚職と
たえずよだれを流して
おどっていた人々は

ごうごうと音がした
山くずれかなだれか
鼻さきを流れる
噴煙か硝煙か
大木が裂け岬の岩がゆらぐ
地震か戦争か
いや土一揆か
ふとんと一杯のレモン水と
墓石をかついで人は走った

地球館前の広場で星の悲しみ
ゆくりなくも人々の腰は泣き
ホーホーと土は泣き水は泣き

沼となった

二十世紀の乳白色の水よくらげよ

さあ行こうと言ったがだれも返事をしない
どうしてだまっているのか約束したはずではない
　か

深淵Ⅱ

日課

きょうも軽い嘔吐感で一日は始まった
がらくたを前にゆっくり話しかけ一つ一つを点検
　していると吐き気はおさまった

ため息をついて水を一杯のむといやな奴がそばに
　きて
まったくきのうと同じ顔でにやりと笑った
ましゅまろをなまのみしたように
ぼくはとびあがりかけだす
白茶けた街路に陽はいま真うえ
寸づまりのかげ法師が執念ぶかく
追いかけたり並んだり先導したり
だんだん体中の水分がなくなってきて
意識の陽炎が道いっぱいにひろがる
すれちがう人々はきまってやさしい眼差し
これが人類の愛情だと
友人の国連大使がピストルをふりあげた
ちくしょう重いなあ

何かがくされかかっている
ぶったおれる寸前にぼくは夜のバーにかけこんだ

そうだここでしたり顔をしてうそをつけばいい
あまったるいバーボンが血管をはしる
みんなみんなゆっくり回転しはじめる
ものすごく鈍い女の弾き語り
ぼくのリズムとあまりよく合うので曲の途中で手
　を叩いたら
愛人のバーテンににらまれた
夜が猜疑心のようにだんだん軽くなって行く
またしても
軽い嘔吐感で一日は終わる

あいつ

ドンブ　ズンブ
こどもの頃にきいた低い音
あいつも死んだなあ
ひとが狂って走って行くと
よくそのあとにポッカリ穴があいて
そんな音がきこえる

ゆれる　ゆれる
魂ゆれて
みんなゆれる
あいつも死んだなあ
うだるような熱気の中で
いのちのきれっぱしが
むなしくもえる

神をまつ
まっさおな心
はてしない郷愁の領域
あいつも死んだなあ
音はひろがる

ドンブ　ズンブ

青のうた

僕はこの序曲に

一面の青の中で頭痛を抑えてトランペットを吹いていた　金色の朝顔の口から青を吹きだして　皆んなこの中にとけてすっかり気体になった時　僕は最後に一吹きして青の中に姿をかくすが

AとOの音からできている　僕をすっかりあの時からつりあげてしまったが
酔って笑った男に僕はがくぜんとした
僕が頭を抱えて塗りあげたこの衣裳を
あいつは着ていた　通り魔のようだが

脂肪が涎をながせば　アドヴァルーンは黒の天使　こっそり起き上がった僕は沙漠の向こうのはしに立って不まじめな朝の来ぬうちに　朝顔の口から青を吐く

挽歌

強要・諾・嫌悪・拒絶、おとこはおどし
M子はいのちを絶った

一

蓮之出淤泥而不染
カナシイひとつのぎゃくせつ

二

白鳥がやさしくすべってゆく
かすかな水紋をのこしてあの遠い世界にかえ
　ってゆく
空からむなしく白いはなが散ってみなもに消
　える

ときおり吹雪く人っ子一人みえない雪原
一九七八・一・三〇　八郎潟北部承水路
結氷寸前の鉛の水にはいる
足さきに痛みがはしる
痛みのやさしさがおとずれる
やさしさがわたしを清浄にする
雪が頬を刺す
自浄の白い炎の中を

わたしは歩む
ああ　わたしはとてもきれいになる
膝から腰に
しびれてゆく半身は
よごれたせかいのよごれた手からのがれて
うつくしくなってゆく
西風の中を歩む
粉雪のなかを舞う
あの幼かったころのやさしさが
そら　手のとどくところにある
鳥が流れてゆく
音のない夕暮
でもどこから
あれ　弦のささめき
裳すそ水にひるがえり
かろやかに舞えば
雲間にあらわれた光の矢が

一瞬　ゆらぐ
手をのばす
もろてを空に
ああ　いいきもち
のびのびとわたしは清らかになる

　まっしろなわたし
　風が身をかろくする

水をすべる
雪空をとぶ
はるか遠く
遠くなってゆく
そして　やがて
なつかしくやさしく
ゆっくり身をかがめ
前こごみになり

水によこたわる
大地の清らかさに
身をよこたえ
とてもうつくしい水となって
土にかえってゆく
吹雪があたりをとざす
八郎潟北部承水路
　ゆれて
　ゆれて
みなもに黒髪ゆれて
乙女はゆれて
空からむなしい白いはな

三

美徳院清心温晃大姉

（後記より）

学生Ｍ・Ｋが酷寒の八郎潟に入水した。腰の深さだったという。

もっと泥にまみれて、という人もいる。そのとおりだ。がしかし、花は花であって、それが咲いて清らかで、踏みにじられてそれはいたましい。

春は遠い。成仏得脱　南無帰命頂礼

だれのせいでもなくて

——あだしの念仏寺

石仏の頭を
棍棒もって
殴りあるく
ひとつなぐれば
ひとすじなみだ

ひとよみず子よ
ながれて
石になって
まっかな落葉ふる

ははよみず子よ
ほのかにもえて
うらみつらみの
星もえて

ちちよみず子よ
業の子よ
賽の河原で
石をつむ

糸ひく怨み

京の灯も悲し
京の念仏
ごうごうとなる
生命の風

かたしろ

ろうばひとがたつくり
なぜかひとがたつくり
されどみにくきひとがた
よをのろうとてか
とこしなえにえみ

あすか寺

この首を
まぬけた姿に
ひとの胴にのせておいて
くそ坊主め

深淵Ⅲ

青空

ある日
青空があまりに悲しいので

急に不安を感じ
西の窓から外を見ると。
中止されていた工事場の鉄骨の上に
黒い人影がかすめていった
ぼくは思わず持っていたペンを落とした
ぼくがいま生きている実感と同様に
かきかけのノートの上で
ペンがコトンと音をたてた時に
ぼくは思わず目をつぶってしまった。
酸い軋りのように
唾液が脳の奥底からにじみ出して
膚に近ごろ生えだしたペンペン草を
浸していく。
もうぼくは目を開けられない
きっと青空が
轟音とともに
落ちてくるに違いないのだから。

人間関係の不可能性
——二十世紀への挽歌

あの不快な微笑は
夕暮れの空にただよって

正確ニ書イテミルト　ドウナルカ

ひそかに愛してきたあなた
あなたは私たちを裏切った
こんちきしょう
空にひらめく日の丸を蹴とばし
一天万乗の君の歌に口を噤み
心中した私をどうしてくれる
その夜かがやく陽が沈むと
もう月はかがやいていた

あの月にさしのべた
指はたおやかに髪はしなやかに
風にゆらいでいた
愛と悲しみと不信の風に

正確ニ思イ出シテミルト　ドウナルカ

鉄砲もって地平の彼方に消えた彼
カンバさんあなた
赤い血潮の坊やたち
みんなみんな　なめくじのように
うみゆかばくさむすかばね
世界史の消耗品たち
でもムラさんヤマさん
そしてみなみなさま
信じることが信じたことが間違いなのですか
ヘア解禁に伊藤整は苦笑いしていたのです

襖の下張りに隠れて

正確ニ書イテミテ　ドウナルカ

風と光に　私はいつも問いかけてきた
でもいま私は乱交と侵蝕を見守る
降る霧雨のなかで
また泣き出すのかい君

ああ　希望の彼方の沙漠に
自己中心の鐘が鳴る

反歌

ひさかたのあまつみそらのゆうぐれに
花ひとひらのゆくえたずねん

港三景

赤錆びた巨船と少年

シュバフ
巨船は呟く
その胴体はただれ
港のむこうに金色の日輪が傾きかけるころ
疲れた身を港に投げだす
彼女はどうにも胃がもたれて仕方がないのである
わが身がわが身でなく
世界の港の記憶が
ともすれば疲労のかげにかすんで
むなしい淋しさだけが
マストのてっぺんから空に立ちのぼって行く

そのとき
船は
シュバフと呟く

年老いた鯨の胴を
桟橋から見あげると
これはまたどうしたことだ
地中海色の服を着た少年がひとり

「ふ・ね・の・大きさ・は――?
「十万頓
「こ・れ・か・ら・どこへ――?
「世界の果てへ

赤錆びた巨船はかすかに身をふるわせて
金色の夕暮れに叫ぶ
シュバーフ

ある港町の風景

雨戸を閉じた家並みが低くつぶれて
岩壁には赤錆びたワイヤーロープに干からびた海草がぶら下がっている
ひとは鉛を背負って歩いている

いきなり金切り声をあげて突風のように走り去る奴がいる
そういうひとは翌日死体となって街角に転がっている
飢えた犬が牙をむいて青さびて幸福そうな顔をした屍をむさぼり喰らうが誰も見向きはしない
ひとびとはやはり鉛を背負って歩いて行く
空しい我らの心の岩壁に行くのだ
防波堤の向こうの空をまばたきもせずに見つめては
あの船が来ないことを知り
やがてどこへともなく帰って行く

そして私はこの町の町長なのだ

海賊船のオニとわれらサルたち

さかさのNやそっぽをむいたRの字をつけた船が入ってきた
大きくはないがミズスマシのようにすばしこい鋼鉄船だ
入管を迎えたのはズボンをたくしあげ赤い胸毛を潮風にそよがせた海賊野郎
同じような恰好の男たちもいかついわりには憂わ

しげなまなざしで働いている
豊かな胸をゆさぶって女たち三人　デッキの手すりによりかかる
にこりともしないが女の瞳はやすらぐ

サルたちが見物に来る
ぞろぞろとやって来る
桟橋に一列横隊のサルたちと
船橋に一列横隊のオニどもは
通じ合うことばの一かけらも持たないのでただ対い合って
たがいに鼻をヒクヒクさせて
陸と海の香りを嗅ぎ合う

さてここに原始の炎が魂をこがす
のだが衣裳をまとうたサルとオニは
化石となってそこに釘づけになる

さざなみがかれらの足もとの岸壁でひそかに笑う

中国大陸から

ハルビン挽歌

遠く興安嶺の谷間の木々は
冬の呪縛から甦り
松花江の氷は音をたててくずれる
街すじに残る照葉が舞い落ち
十字架をもぎとられたソフィスカヤ寺院に
鐘の音もいまはない

日露のはざまで
泣いて笑って

十六歳青楼のハルは暗殺をみた
伊藤とも知らず安重根とも知らず
十一月も近いハルビン駅の朝は血に染まった

（哈爾賓は帝政の世の夢のごと
　白き花のみ咲く五月かな　晶子）

モデルンホテルのジャズも色褪せ
つかのまの夢はおわる
風は啾々と平原を
柳条湖から平房にはしる
七三一部隊とは私にとって何なのか
マルタは二日に三体三千人の亡魂
とデータの引換えでGHQは免責にした
ただ忘れられたように碑が立つだけだから
訪ねる者への恨みの声は囂々とわきたつ

兆麟公園で朝早く
ひとりの老人が太極拳をやっていた
流れる動きが停まって
その指は鋭く私をさす
　祖国東北的一百三十平方公里的土地被践踏、
　　三千万
　骨肉同胞被蹂躙、憤怒的火焔在胸中燃焼。
と一瞬のこと
老人の背は静かに回り
落葉が一枚散っていった

興安嶺の谷間の木々は
冬の呪縛から甦り
馬家溝河に霧は重く
イーベルスカヤの塔は崩れ
鐘の音もいまはない
私はいつまでも音もなく

暮れゆく街に鐘をつく

北安そして火焼山から
――黒龍江にて

北辰頭上に綺羅をきわめ
やがて二時
銀河涸れ
東天が白む
かなたへの広遼に
存在が怯む
大平原のかすかなうねりと黒に酔い
いま日は昇る
俺をとりもどせ
血反吐をはいて叫ぶ俺は何

行くもの
一直線に偽ることない
鳥と颪
なぜ行く
問うことばも地平に消え
包む空漠漠
いつか見たことがある
いつか立ったことがある
ゆっくり弧を描く地平は
ああ青春

昼ようたってくれ
君は怒ることができるのだと

まるい大地
赫い日が沈む
静かな土と草と

微妙に俺を拒否するもの
ゆれる光芒に
俺は問いそして頼む
俺の日本を
この平原の寛容と拒否にきいて
できるなら
いまこの一粒の泪で
「これは現在の私の
信念であるからして
という傲岸色の楔を
溶かしてくれないか
と

夕べようたってくれ
君は今を抱きしめたと
金色の夜九時

空は茜に
時を失う

朝ようたってくれ
君は行くことができるのだと

俺の日本はどこだ
海を見たとき
しぶきをあびて
背中に故郷を思った俺は
いますべてを失い
青い天空と
緑の大地に
走る走る
短くなっていく足に
見上げる青
日輪は小さく強く輝く

輝くものよ
太陽に訊くことが
いまできるのか
かつて少年がいた
彼に何と言おう
王道楽土という引導
慈悲の心というロマン
「朝暾高く東風吹かば
武陵の春とやならざらん」

金羅織りなす天球
風化していくことばへの悔恨
「過去一切の苛政、誤解、迷走、紛糾等を
掃蕩しつくして極楽土の建立を志すに在り」
これは俺を真黒にする
もう俺は眠りたい

大地にうずくまり
この収拾できない広義を
いっそ明日にあずけて

夜ようたってくれ
君は死ぬことができるのだと

渤海の春
――中国鏡泊湖への旅から

静かに
きのうからきょうにつづく
ヒヤシンス
王座は暗くしめってますよ

歴史の虚偽は

私の咽喉に丸太をつき刺す

ああ広大なかの王宮
凰は空しく美しく
はるかな地平に消えていく

ここは渤海東京城
ただようかすかな煙
篳篥の哀しい音いろと共に
青葉のかなたに消えてゆく

カラとヤマト
そして満州と日本帝国
渤海王の行方が分からなくなってから
王の首は血を噴かず
象徴というものになってしまった
忍冬花が凋んだら

首よ血を吹け活火山

歴史の虚偽は
私の腋下に太陽を抱かせる

東京城と東京都
歴史の虚偽は
私の五体を列島という鞣革で打ちのめす

静かに
きょうからあすにつづく
ヒヤシンス
人々は暗くしめってますよ

夜の太湖

はかり知れない力を背筋に感じて
ぼくの時間の上に
はらはらと耳垢が降る
耳朶に吹きつける大陸の風が
穴の気圧を高くするのに違いない
雪に紛う桜花
なまめかしい世界を背負った声の
嘘だったことが今になってわかった
目をこらすと湖上に
黒い帆影がいくつもいくつも見えるのだ
南北一八〇〇キロ運河の大動脈
の太湖の広がりに溶けて
湖岸を光が走る
きっと大陸の英霊たちも
耳垢を降らせたに違いない
彼らはどの世界のどの嘘を感じたのだろう

二十日の月が出た
中秋だというのに
スクリューがかき立てる花ふぶきは
東西六〇〇〇キロの長城めざして
飛んで行く

ああ
大運河と長城に
その空間に花ふぶきは広がる
とてつもない時間の痕跡よ
はかり知れない力がまた背筋を襲う

（一九九六・一〇・一無錫から杭州への船上にて）

顧城の死

舒婷から電話をもらった
一九九三・一〇・一二　厦門のホテルで
顧城が　十日　ニュージーランドで死んだという

奥さんを斧で打ち　自裁したという
南の自然と
欧州の文明と
中に子供をはさんで
夫婦に妥協は無かった
何があったとか何がなかったとか
それがこの世の何とかということなどなく
天才が死んだ

海は広がる

小さな島と青い海と
人々のマグワイと英児*と
そんなことが
まるで蚕の糸のように続いても
文明というしがらみと
文明の垢をついに拭いきれなかった彼と
馬にエンジンを喰らわせて沙漠をいくようなもの
だ

それから　日本は不感症で
大陸はカンショウ拒否か
香港を起点として
聞こえてくる
涙の一条も空に消えていく

顧城がニュージーランドに死んだ
彼女は彼の斧に打たれて死に　彼は縊死した

北の文明と
十二億の人たちと
間に無理解をはさんで
日本には何もなかった
何があったとか何がなかったとか
それが彼にとってどういうことではなく
天才が死んだ

顧城が死んだ

＊　英児は顧城を捨てた恋人

ゴビの沙漠から

首に鈴をつけた駱駝を連れて
愛苦を日焼けした顔の皺に沈め
かれは黙々とゆく
陽はゆらりと傾き
風紋がふとい縞を描く頃
きょうが了わる

太い眉の党員の男は
傲然とかれを否定した
それが無の夜なのか
為政者の苛だちではないか
美を虚といい酔を無という

だからわたしは駱駝を
日本銀座に連れてきた
瘤の間で空を見上げた
ああ　ここは空が沙漠だ
この街のひとびとは
軽薄に喜んでくれた

こんがらん　こんがらん
軽薄になれない男の苛だち
男を知らぬひとびと
かれになれないわたし
こんがらん

小さな盛り砂
朽ちずに乾いた花輪
ここに死は永遠の昼
かれが死んだのだ
駱駝はわたしの手にわたり
今日も太陽が輝く

みわたせば
おちこちに盛り砂の墓標
漢代もあり現代もあり

ひとの命の
熱い夕暮れ

銀座の墓標は
烈しく屹立し
蟻はむらがる
街は燃える
烈しくうごめく
人をつつみ

こんがらん
ふと空から眼をうつし
手綱の男をみると
それは太い眉の男ではないか
こんがらん　こんがらん

男は国会議事堂の前にくると

叫んだ
一衣帯水　一路平安
ＧＮＰ
文明開化
文化小革命

駱駝酔いしたわたしは
鈴を自分の首につけ
男とひとびとと一緒に
かれの冥福をいのる
こんがらん　こんがらん

かれよ　かれよ
わたしは駱駝になる
駱駝はわたしになる
わたしは賭ける
あるんからん

なるんがらん
生の奥へわたしは
わたしは男とひとびとと一緒に
行進する君の沙漠を
こんがらん

季節のうた

みちのくのやま

みちのくのやま　ひと　しれず　みどり　から
き　に　あかにかわり　ためいき　の　こーら
す　の　ように　ちって　いったこのは　たち
やまに　ふゆ　が　きた　みちのくのやま　や

まは　きびしい　すがた　で　だが　だれにほこると　いうのでも　なく　たっている　みちのくのやま　あるとき　は　じっと　たえ　またあるときは　いかり　みちのくのやま　きのう　は　めいそう　に　ふけり　きょうはほほえみ　なみだして　とりどり　の　あゆみを　みまもる

おちば

　このまから　やまのおね　と　そらのあおさが　みえる　あしおとは　おちばを　ふみわけてきから　きを　つたわり　どこともなく　きえてゆく　しずかに　しずかに　いきづくいのちたちは　まちから　やってきたあしおとに　そっとこえを　ひそめる　ひとりあるけば　かれも　こえを　ひそめ　かれらに　まじわり　やがて　それは　ずっと　いぜんから　そこに　たっていたように　しぜんのいのちに　はいってゆく

　ふゆが　やがて　やってくる　かれと　かれらは　ひっそりと　きせつの　すいい　にうずもれてゆく

沼の秋

しずむ　しずむ
きのうからあなたがいなくなったように
きのうからあなたの世界がもどってきたように
まぶたをとじて長いまつげが光っていたように
内臓のないことりが唱うのを忘れたように
ゆっくりと裳裾がひるがえるように
沼には　秋の夕暮がおとずれる

詩集『羽州朔方』（二〇〇八年）抄

化石の散らばる太平のふもとで

Ⅰ

丘

震えるよろこびを
かなたの山なみに捧げ
赫くかなしみを
こなたの海に潜めて
わたしは立つ丘の辺
見つめる目が
風をとらえるために

小川

二丈も積った雪を
少しずつ噛み砕いて
悔やむことなく
きょう太陽を見た
小さな袂で
青い空に流れる
風をとらえるために

笹竹

小雨を受け
霧に包まれ
雷雨に身をよじり
干天に笑い

吹雪に倒れる
やがて
風をとらえるために

石塊

むらさきの山あい
なにかささやく
季節を信じ
繰り返すことだけに
怒りをしずめ
そっと息を吐く
確かに
風をとらえるために

鳥

渡りの鳥が
田の面に
化石の貝をついばむ
そしてしばらく
片足で立つ
やがて
風をとらえるために

藤四郎森で

大又川小又川　山すそ流れ
岩見川にそそぐ

ついに街を去った詩人は言った
　森こそ　やすらぎ
　すべてに無駄が無い
と

ほんとうか
そう信じるのは危険じゃないか
森は淘汰されてきたのだ
周りから圧迫されて死んでいった木や枝
　や草たちがたくさんあった

だからぼくは森に行くと息苦しい
かれらもしんねり競いあって
じわり
と　せまる生命の闘いがある

藤四郎は大又小又にすべてを流す
　森には無駄が無い
　それは美しい
　森は美しい

だが実は　亡びてきたものが
やはり納得せずに黙っている
沈黙の中の阿鼻叫喚
森には風が吹かないときでも
烈しく魂がこすれあっている
ゆれあう森の霊は
うすれゆく意識の黄昏のなかで
森は良いなど言ってくれるな
と　ささめいている

そして
街のきしりに飽きたとか
都会に絶望したとか
わめくのでなければ
大又川小又川は藤四郎に言う
ともに語りあえるかも知れないと

はないちもんめ——閉ざされた空間

茶色い落ち葉を踏んで
あるきつづける
わすれものを探すように

やまばとがなく
ホーホーホーと
　まけてくやしい
　はないちもんめ

釣瓶山から極楽寺
いずれ雄物川に出てしまう
やまばとはたち去ったが
心は病んでいる

　まけてくやしい
　はないちもんめ

保呂羽山から上八沢木へ
上小友川の水源をさがす
もりのひとみは澄んでいた
だれかが知っている
　まけてくやしい
　はないちもんめ

高尾山から桧山峠を
神ヶ村で姿がきえた
北西へずっといけば
うみはのたうつ
蒼海くらく

濃みどりのうみくさしげる
はなぞので

南東にずっともどれば
山なみは天空にのたうつ
蒼穹ふかく
やまなみ見れば百代にも
かわるましじき

ああ
はないちもんめ

Ⅱ

たたずんで――秋田のうた二〇〇五

一条のなげきは流れ出る
川のあゆみ

マタギの尾根道に
仁別の沢光る
木漏れ日と渓流と
錯乱し交わるところ
音のかそけさは
眩暈の景に消えていく

空を仰げば

もう日は暮れる
葉末はしなやかに
夕景に身をひたし
時間の止まる前に
鳥はひたすら翔ける

日常の記憶に
吹く風のなかで
コヨウラクの赤は
薄れてゆく

今日の中で
何をしたいというのか

シラネアオイが身をよじり
暗霧につつまれたとき
ものみな景色の中に
ただ沈むことができる

だが溢れる沈黙が
かすかにおののき
よごれた思いが明けていくと
とまどいながらも流れ出る
怒りの川はまたあゆむ

季節の呪縛――山あいに

凍結と
酷暑と
そして
こころうめいて春
すすりないて秋

ああ　どうして
どうして　呪われ縛され
　お前は茫然と立つのだ

霞と花
錦と紅葉
そして
いら立って夏
ひび割れて冬

ああどうして
どうして　空しく歌いつぶやき
　お前は昂然と立つのだ

いで羽の峰を
光のようにはしり
その谷間を

木魂のようにきえて
それからゆっくりと行くのだ

かつて　マタギは
阿仁から太平の里まで
氷の峰を走り二時間で来たという

いまおまえは
ポイントAからCまで
理知も感情もない

天と天　土と土
草と人　そして人
ブナ林のみどり果てなき憧れよ
白神のしじまを突く声の果てなく
渾然として無限の時空間にのぞむ

阿仁の風

金の風と光の雲
マタギの里それはアウラ
月は満ち　また欠けて
銀の雨ふりそそぎ
いのちは生まれる

わたしが落ちついた
大洋と潟または海のあわいは
北緯四十度の山懐だった

木の葉の色かわり
風吹けば風
いつもたわむれのように
わたしはねむりからさめる

仮想がもえて息づく

ああ　いつのまに
そのときもふと目覚めると
真っ黒に繁栄という名の喧騒
わたしはひたすら目をつぶっていた

金銀山には山王丸七兵衛
高岡八右衛門はあかがね墓
異人館まで建って

いまカラミ山は澄んだ空におしだまる
金の風銀の雨
風吹けば吹け
地霊はほほえむ

いまわたしは

だれにも気づかれないように
ふかく息をする

＊阿仁鉱山　延慶二年金山発見　嘉慶年間銀山発見　寛永十四年銅山発見　その後産銅日本一　明治十二年異人館建つ　昭和五十三年閉山。

白神田代岳

憎しみで
山の雪は溶けない
呼びかけても
あなたの懐で
花は応えない
呼びかけず応えず
意志は朝を迎える

木の葉も応えず
わたしも呼びかけず
子午線に鳥が一羽
不確かな重みが雲にかかる
午後は疲れてきた
乾いた枝が
喘いだ末に
谷底に落ちていった

満ち潮となって
夜が来る
しるべ無い道は
黒にとけていく
山なみと雲海を
すべての昨日を
消しさって

したたる雫が
水脈へ通うころ
だれも見てないやさしさで
花よぶ風が
ごうごうと尾根を
かけおりて行った

クマゲラ

北にはカミがいる

素波里の水あおく
樹間にクマゲラ
光はや木の間にきらら
とびたつもの
　山間に季節の霊

青白い一筋の光は
茂みを抜け
焼山の稜線を奔り
やがて黒い海をつきさす
　ふたほがみあしけひとなり

なにか割り切れない
樹間を満たせ
幹うがち木霊せよ
寿ぎなりや呪いなりや
　いのち青白く燃え

光を発するものがある
いちど水底に沈んで
激しく天へ去っていく
足音がする

とろとろとろ

北の神々は
天をささえ山をまとい
水にこころとかす
足音はひそけく
　雲はあかね

古い森によどむもの
星の光が波に接するところ
不死のやみに
あすを探す
　ゆめかうつつか

北にはカミがいる

＊　ふたほがみあしけひとなり　『万葉集』巻之二十より

八幡平および十和田

裂け目から
根元的なかなしみは走る
真っ青な空に貼りつく樹氷
黒とうとうたる深海
雲海を突き刺す稲妻

うずまく星のなかを
きりさく問い

それらをつなぐ点と線は
記憶のかなたの広漠そのものだが
たしかに
この眼で見この耳で聞いた
マタギが走り

熊はゆっくり軀をのべ
兎は草木色から純白に
かわっていく音を

風花が舞う山麓に
木の葉がとんで
時間はあの
空と水のものとなっていく

Ⅲ

北の海――秋田マリーナ

旅して海　さすらって海
ゆれて千切れる心も海

マストは冬空を刺してヨット
精悍に小刻みに這ってボート
ひょうひょうとなる鉛空
金切る声も砂上に薄い雪原に吸われる

海上繋留のふねはやるせなく
陸上繋留のふねはふるえる
海よ
潮をテトラポットにぶつけ
いくら飛沫を空に投げ上げても
ウミネコは風に向かって静止する

曇天低く垂れこめて
すすり上げしゃくり上げ
泣くのは海
雪はまた視界を閉ざす

いま泣くのは海そのもの
雲が切れた
オレンジの矢が八方に翔ぶ
悲鳴はアレグロ
雲が閉じて日が暮れた
暮れたよ海

旅して海　さすらって海
ゆれて千切れる心は海

願人おどり——一日市

ふとつ　ふくれたマンジュがボーボコ
ふたつ　夫婦の約束ボーボコ

踊れおどれ
蒼い風に
爪をたてて

きりきりと
歯を食いしばり
　口角血はにじみ

こめかみに
青い血脈
　浮き立たせ

愚直な山を
うねる海を
　風になって

廻れめぐれ

たぎるものを
夜の中に消しながら

保呂羽山および日本海

日輪金凜々
水平紅烈々

集落の墓は船を見送る
昼の海と夜の空
その境い目のあたりを
鳥が行く

振り返れば出羽の峰
緑波颯々
樹林悄々

神楽は山に木魂する

雪解けて海に
夏過ぎて
全山の黄金飄々
そして北冥に去る霜月

湯立ての真は人を問う
笙ヒチリキは太鼓の音と共に
保呂羽の山を駆け降り
雄物の川面に響き海にそそぐ

いではのくにはかみさびて
やまにひとといもりこたえ
かわのせうたいうおはまい
うみふかぶかとものおもう
今宵海に山は和す

マコトヲ得ル者ハ全ク
イツワラバ傷ル
やぶるる者の多いこと

盟神探湯（くかたち）の
釜はたぎり
海鳴り和して
巫女の面差しやつる

日輪金凜々
樹林悄々

鳥のいる空――象潟小瀧チョークライロ舞

夕暮れる空を
白鳥が四羽行く
かすかな茜色を帯びて
これは紛れもなく喪失への予感だ

　チョークライロ　チョークライロ
　ライロチョー　ニハイロ

季節が動いて
同じ空に羽ばたくものを見た
黒ではない青でもない
消失を忘れた時空にとぶ

　　まわれや　くるま　みずぐるま
　　しずかに　まわれや　みずぐるま

それにしても
彼らは伸びやかに
何の恐れもなく

消失への空間を羽ばたく
　いきすだま　され
　みつは　よるべなし

なに事も無し
三人鞨鼓バチをもち
三人花笠ササラもち
鳥海のすがた消える

木々に夏

シロカキがおわると木々に夏
若葉がひらひらと日光をからかう
そしていまあたらしい世紀へ

日はたしかに削られていく

玉川のみなもさざめき
白神のブナ林きらめき

それら自然の軽やかなさざめきを聞いて
街にもどる

世紀末の男女は軽やかに
街路樹にもたれ
　早い話がマイナーってやつは××で
　なにかブットンデルやつがナウイじゃん

一方で世紀末の杭にしがみつき
老人は泡を吹く
　自分が存在しているというあり方のなかでその
自分という存在それ自身のありようを関心の的

にする存在で

時間がせきたてるが時間の問題ではない
そらみんなが戦後の飢餓の中で求めた調和だ

田植えがおわると木々の緑濃く
青葉がさらさらと光を放つ

そしていまあたらしい世紀へ
月はジャンプしていく

鳥海がうっすら遠くに見える
ああ明日は雨だ

V

出羽からヒマラヤへ——雲南のゆめ混沌

分流は散開し楚々として
鳥海の稜線は白い
草をすべりおり
なよやかな木によじのぼり
跳びこむ

波に腹ばう
かなた西に水平一線
奔流天に舞い上がる

ふと目を開ければ

カカルポ白く
あえぐ息の中で安らかに
バターの灯明を
香格里拉に見る
松贊林寺の朝
遠く続く高原には
青ムギとヒマワリがゆれる
なつかしい東から太陽がのぼる

ここ日差しはくまなくそそぎ
光はゆったりと覆い
生活を風の横糸が織りこんでいく

かしこ日差しはおだやか
四季分明の山なみうねりの中で
いつのまにか眠りに落ちる

どうしてここにいる

経が流れる
経文の一語は
誰のもの

時間は刺子の衣裳に
ゆっくり溶け込み
それら集まって
あのまるい緑の地平線から
天に立ちのぼっていくよ

雲南から出羽——回視すれば

あなたがいきる日々を
うつくしくするために

いただきの雪よ
いつまでも消えずにあれ

あかるく湿潤な草原を吹く風は
ゆめのように東へ吹く
梅里雪山を一気に下れば
灯明をシャングリラに嗅ぐ
青麦とヒマワリをゆらすツァン族の風は
東方の太陽へ向かう

わたしのいきる日々を
ゆたかにするために
ながれる風よ
いそがずにあれ

声聞のゆるやかなうねりの中で
四季如春　一雨成冬

はるかはるか　はるかにそれは
四季分明のやまなみのさざめきへ

そして
あなたはマタギ
いきなりスカリは立ち上がって
無主の地にいのる
うすみどり色の生よ

楚々としてながれる渓流をおえば
西日を受けて稜線はつづく
出羽の山なみに花をつむ
稲穂はゆれる
西に月が沈むときよみがえるものかすか

わたしのいきる日々を
もう歌うことはない

ながれる雲よ
ゆめの中から出ていってくれ

麗江幻想

　俺は立つ

海は遠く
針葉樹と広がるのは草と木
踏まれた草から露は
苦しくにじむ
かなたに鳥海稲蔵岳
　かけおりる
はてなく広がる青麦の原
ひまわりが立っていた

草原果てなく怒江ながれ
苛立ちもなごむ
かなたに麗江玉龍雪山
　かけのぼる

ああ　悲哀と歓喜が凝固し
そしてゆっくり気化し
何ごともないように
ゆらめいてのぼっていく
これはマタギあれは土家族
しずかにみずからを生きる

だが俺の所在はどこだ
あまりに憎しみ多く
あまりに恨み激しく
先鋭な偽りの愛は
さかのぼって

源流で跳ね上がる

そこは　ほんとうは岩石の下
あるいは雪渓のかげ
言葉が失われても生きていく

霧雨のなかに
たたずむだけ
つぶやくだけ
天地の間にそれは
気となって立ちのぼる

　俺は立ちつくす

敦煌　および　じぱんぐ

とぼとぼと
とぼとぼと
かげはながく
にしにひき
鳴沙山のりょうせん
むらさきにくれ
はてないビルはゆうひかげ
にしにひき
アスファルトの
ゆうぐれは
はてないこいしの
こころかげ
げんじょうさんぞう

すなにまみれて
きょうかんもとめ
かれはTしゃつ
はいガスまみれて
あすをもとめ

しんきろうきえ
すなあらし
スモッグきえず
さくらさく
はなもあらしもふみこえて

とぼとぼ
とぼとぼ
めいさざん
かねがなる
ひがしやま

はなもさかない
らくだぐさ
ゆけどもつきぬ
すなのはら
ゆけどもつきぬ
こころはら

てんくうはるか
ちへいのかなた
ほくとはさえて
金城からちょうあんへ
ほくとはさえて
じぱんぐは黄金のくに

すうーっと
らくだのはなは
うちゅうをすいこみ

パラボラアンテナ
うちゅうをすいこみ
また
はてないみちを
とぼとぼと
とぼとぼと

月牙のさばくをはアるばると
らくだのめうるみ
ロボットもめうるみ

とてつもない
いんぼうとしんぼうと
たいへいのいつみんの
じんぼうとびんぼうと

そしてかれも

とぼとぼと
とぼとぼと

詩集『土になり水になり』（二〇一四年）全篇

Ⅰ

土になり水になり

――「この美しい世界に生き続けたい」R・タゴール

私が大地になり大海になり
なお水を求めるなら

私が北の山に生き
ひと本のシオデとなって
花から黒い実となるなら
私はもう何も恐れない

やがて飛び立ってゆっくり空を周回し
一羽のキジバトになって
ほーほーほーと空を喚ぶなら
私はもう何も恐れない

北の険しい山よ　深い海よ
あなた方は私を抱きとり
私はその中に溶け込む

そのとき草原の花たちは生をむさぼり
たとえ夕方にしぼんでも
ニッコウキスゲはむらがり咲く

そのとき海原の鳥たちは漁にいそしみ
たとえ夕べつかれても
カモメは波の上を飛び交う

北の空ははるかに遠く青く
私を吸い込み
いつの日かあなたの拋る
一片の土くれとなり
やがて水に溶け込んでいく

（二〇一二年二月、インド・コルカタの日印詩人会で朗読）

スメラのうた

一

トリトメナイ
ナニヲシテモクルシイ
イミモナクナミダシテ

スメラは山道を歩いて行った
木々しげり草やわらかに彼方に雲うるわしく
チョウワの風がおだやかであった

突然
神に呼びかけられたが自分はカミであることは確かだが
神であるかどうかは自ら疑った

そのときスメラは道端で争っているヘビとミミズを見た
ヘビよミミズを疑うなかれ　ミミズよヘビを恐るるなかれ
ヘビよミミズを憐れむなかれ　ミミズよヘビを哀れむなかれ

スメラは自らのコトノハ
「なかれ」ばかり言うことに気がついた
彩雲も言った
それがマツリゴトか
スメラは言いわけした
いえマツリゴトがすきなわけじゃありません

実は
このスメラの「なかれ」がマツリゴトの始まりだ
　という
つまりは慈悲心らしい
慈悲は力のうらがえし
「ウラガエシ」「ウラガエシ」と
セミとカエルは鳴く
その声に合わせて乙女ら舞う
セミとカエル鳴き　乙女ら舞い

民草青く揺れ
うらがえしにコトノハ天から降る
楽の音にあわせて天から降る

スメラ　スメラよ
ここは舞うよりいたしかたないか

さー　さっさっさっ
ひらー　ひら

二

いま
ヒミは群舞の輪から離れて見ていたが
定住を始めてから争いが起こったなあと振り返り
むかし恍惚として舞っていたころを

懐かしく思い返した
ミコトだって追われてさまよった
天から降りたとかいう者たちに追われて
焼かれそうになったり　サメに食われそうになっ
　たりしながら

そしてまた　いま
ああスメラは行く
ひとり行く
過去に乗って今をゆく
幾何学模様の今をゆく

悲しみよ沼の向こうの枯草に去れ
喜びよ小川の手前のX地点で消えよ
そしてひとり行け

シェンシェカ　ホンホン
ホロホロ　ツェンツェン
何か言ってるぜ現代は
ハンハン　ホロホロ
うん　行こうか

三

ある日スメラは聞いてみた
川は答えた天の意思わからずと
海の向こうウラガ島にもたずねた
ウナソコも答えたが海流に言葉は消された

スメラよ
なんじスメラよ
泣け　鳴きながら舞え

でもなにかせねば
せねばせねばで
日が暮れる
民草イタチを追い
ああまた日は暮れる

ある日スメラは
田んぼに囲まれた小都会のビル
の谷間を歩いていた
臭くて暗い
ずうっと細い空間のかなたには
やはり美しい田んぼが見えた

四

行けよ
山に野に海に
ゆめは彼方よりのぼる
気は地をもり立て
きょうの幸を約束する

行くよ
山青く川はたぎり
うなばらに日はしずむ
気は天空に満ちて
あすの幸を予言する

やはり　行こう

五

まどろみから覚めて
スメラは行く
目の前に広がる緑と土の豊かさ
夢の中と同じだ
ただ　ヒトは
黄金と宝玉をもとめ
さらにいのちを求めて
さまよい行けば
医は限りない神となり
薬はきらびやかな欲望の権化となった

遠くのぞめば
花園と海原と
同じだ
山々と天空と
同じだ

スメラはたちどまり
いま
彼方を
みつめつづける
滅びに向かう人々を
悲しくみつめて

ヒトヲアイスル
コトノムツカシサヨ

渇望

出羽の海に向かって
雲の切れ間の金色のかがやきに
広がる私の心はあの空に

吸い込まれていく

いつもあなたに憧れているのですが
ある時は手がこわばったりある時は萎えたり
トリトメナイかなたに飛躍したり
駆け上がる夢を見るのです

いま暮れなずむ空
この緩やかさと静けさの中で
縦走する山系と横断する山岳に三方囲まれて
中天が確かに
あらゆる私の力を奪う

私はそこに沈んでいきたい
谷間の雪渓を全身で抱きとり
吹き下ろす風と一体になり
あなたを追います

鳥たちはねぐらに去る
石の間の一輪草よ　お休み
闇が近づいている

すっかり暮れないうちに行こう
わが身は太平の剣岳から
そして仁別、湯の里、出戸へと
海原の方を目指す

光芒の名残は出羽の山川を押し出して
赫くとばりに入っていく

有と無と快楽と
それらの境い目に横たわれば
今日から明日へ風は吹くが
あの広がりに行くことができる

求めるのは
ひと時のやすらぎでもいい
拡散する枝葉に
私の去った山々に
今
を芽吹かせることができたならば

炫耀

西の黒い森の
樹間から激しくおどり出るもの
笛か悲鳴か
突きぬけ切り裂き

常識は霧散した

ヤミヨノ　ヤミハ　ハテシナク　スベテ
ノ　ジクウヲ　ノミツクシ　ドコトテモ
ナク　ジュウマンシ　スベテノ　オモイ
ハ　マッシロノ　ヤマ　シロノ　ヤマ

どしどしと
不可視のはるかな山塊へ
向かう
と
聞け
細いやすらぎのうたが
谷間をはいのぼる

張りめぐらされた
萎えた欲望と

茶色っぽい憤怒と
それらの隙間をくぐり

天空に大きな笠雲となり
うたは
時空を
包み込んだ

知性の輪は解けて
意識は昇華した

僻遠のたより

山から風が吹き下ろす
海から風が吹き寄せる

木はささくれ立ち
水はめくりあがる

その奥の方から
声が聞こえる

でも人はすぐ忘れて
手近な明日へ踏み出す

　八衢四達せず　人交わらず
　山は重畳　不便の極み
　人孤立の無能力

鳥が告げる
日が暮れる

荒廃の上空へ

ゆったりうねる水平に
アズマモグラの巣もつぶれ
イトミミズは泥土にとける

でも人はすぐ忘れて
手頃な所を見つけだす

　地僻にして　人はおろか
　天花爛漫　無窮の極み
　人叫喚の汗淋漓

地中に吶々と語る声
雪降り積もる
枯野はねむる

曇った空は
忘却にしずむ
雪原に満ちるひびき
カラス一羽西へ去る

人はすぐ忘れて
不明の明日へ夢をつなぐ

　勢家門外　人たたずみ
　山は不動に　片言語らず
　人　権謀に　幸いあれ

＊　八衢四達＝四方八方に道（影響）の通じること。

Ⅱ

一

鬱田[*1]の風

雪の奥の更なるかそけさ

木々枯れているが
真っ白な雪に　雲あるいは青い空
は森をいっそう奥深くする
シーシーと鳴く鳥
鳥の点描
墨絵の空ゆたかに

彼岸花

木々削られて花になる[*2]
造花の赤・青・黄
あゝ　父よ　母よ
我ら此岸からの
二十一世紀からの
おくりものです

春もしくは張る

春が来たぜ
ドーッと屋根の雪舞いおり
道ぬかるみ

雪の下にモグラつぶやき
とても小さな野の草は
いま開花の仕度だ
街では相変わらず
鉄骨の知的組み立て

季節の奥から

里に鳥が舞いおり
ゆっくりと草は黄緑になる
枯草は文明の間をゆらぎ
かすかにゆらぎ
あのスギの木立は身をゆすり
真っ黒な失望に腰かけたカミは
言った
それぞれの春が来た
と

＊1　齶田＝秋田の古名、「日本書紀」斉明天皇四年の条。
＊2　春彼岸に、コシアブラ等の木を削って巻きあがらせ彩色した造花。早春の北国に生花が少なかったせいか。

紙風船上げ＊

上桧木内にて

目ざすのは
カルマから解き放たれた
無限の空間
広がる闇
この静寂は何だ
山あいの窪み

東に接する
ビンザ森七四六メートル
楢森七三五メートル
西に居並ぶ
一〇〇〇メートルを超える
丹波森　黒崎森など
番鳥森　大仏岳など

ヒノキナイ川は
沢水を集め流れていく

いくつもいくつも
風船はのぼっていく
答えるものない
果てしない闇に

玄冬素雪の夢

可憐な花々かすかなせせらぎ
風のそよぎが織り成す
昼の絵模様から今は抜け出て

かなたに雪をいただく山々
その麓をえぐる
北に宝仙
南に田沢
それら透明な湖水
空は高く果てしない

空は茜にかわっても
やがて訪れる
ハシバミ、ヤドリギ、ハコベラ
その後　いっせいに広がる

花のじゅうたん
をゆっくり通り抜ける

いまはなにも無い
空は暮れて
おとずれるのは
無限夢幻の夢だけ

紙風船

あかりがともり
ほつほつと
ほつほつと
酔夢の焰
ほのぼのと
ほのぼのと

あかりちらばり
ゆらゆらと
ゆらゆらと
眩暈の闇を
どこまでも
どこまでも

目ざすのは
カルマから解き放たれた
夢幻の空間
ふかい青のやみへ

＊ 紙風船上げ＝毎年二月十日秋田県西木の上桧木内で行われる。円筒形、灯火をつけた最長十メートル余の紙風船が農人の祈りをこめて夜空に次々と上げられる。平賀源内が伝えたとも言われる。

根開き*

――田沢ブナ林

乳頭の峯
夜に入れば
木々の霊
ぬけ出て
斜面から斜面を
尾根から尾根を
はしる

からから
跳び
けらけら
笑い
夜を舞う

日が上るころ
なにくわぬ顔で
もどり
太陽の中に
美しく立つ

根方に
まるく足あと残り
いくつも　いくつも　いくつも

やがて雪消え
枝は萌え
草も木も
みどり燃える

＊　根開き＝雪に覆われた山で、春先に木々の根元の位置

が融けて、すり鉢状にくぼむ現象。

春雪の問い
――人知になげくばかりで

やさしい雪が
わたしをよぶ
アケボノソウを覆った雪
わたしに答える力はない

木々の雪が
しじまに音なく落ちるとき
サラサドウダンを覆った雪
わたしはどう答えればいいのですか

その完全な自然の摂理に
あえなくも
　わたしは口ごもるばかりです

駒ヶ岳の頂から
田沢湖を見おろすと湖面は
銀白色にけぶっています

ああ　三月という空間にいて
ゆるぎない自然に圧倒されながら

　山を下りれば
人の世の傲慢さに
怒りなげき

ただ口ごもるばかりなのです

もう
雁も白鳥も
こうこうと鳴いて
北に帰っていきます

　わたしは飛べない
　もう　2012・3・11

この危うい
春先の均衡に吊るされたわたしに
やさしい雪は問うのですが

この時わたしは
どう答えたらいいのでしょうか

二
桜

その日
カミガミは
ひどく酔っていた
根方に坐り
つぶやいている
寧日なしと

しかし
よこしまなく
つくろうことなく
誇ることなく
たけることなく

ひろがる
ひらく
あふれるもの
光あまねく
あふれて
しかし
ほのぼのと

平然と華やかに
笑みは満ち
天空に
花びらは満ち
しずかにはげしく
地に　流れに
花びらは
幾千万と幾十兆と散り

カミガミに
寧日なし

出羽の春

祈り

カミ眠り
野の花も草原に燃えず
朝が街を覆う

ヒトは
空間を鋭角に突っ切り
ビル立ち並ぶ

星よ　輝け
たとえ太陽が沈んでも
その歓声が
雲を突き抜け
天に満ちるまで

おとずれ

鳥の声なく白む夜明け
花々はつぶやく
沈黙の常緑も
陽光にほころびる
何のそこに秘密*を
作ることがあろう
ほんとうに
律儀に時は来た

春

かすかにひかる
なにかうごめく
わきあがる
そっとはじける
ゆったりと
廻り戻り
燦爛し充満し
ああ　誰も

拒むことはできない

＊ 法案は、二〇一三年十二月六日に成立。

山間で

春に
アオシシは
山の中腹に
じっと立っていた
木々の小枝すら
アオシシを
理解できなかった

春に
クマは
ふもとに
のっそり立っていた
木々の若芽は
クマを
無視して口を閉じていた

山の尾根に雪は残り
木々力をたくわえ
モグラめざめて
地を盛り上げて巡回
枯れ葉が
二、三枚とぶ夕べ

地球は動く
わめこうか
ひそめくか
それとも　うらもうか

山間のすべては
すべての意を酌み
すべての意を無視して
夏に向かう

三

手形山*からの便り

風が通って行くと
キランソウが地にへばりついて咲いた
空はまだ低く
思いは屈して
草の葉もあちこちで
まばらに黙している
灰色の空に
そこだけがぼうっと光って
サギが一羽
飛んでいった
見守る者とてないが
やさしさがただよう

いつのまにか
日ざしが強くなって
高い雲は北へとび
低い雲は東へとぶ
ヤグルマソウが
白い穂花をひらく
ゆっくりと触手をのばして

夏をまさぐる
わたしたちも
夏の方を見る

＊　手形山＝秋田市内の丘陵。

朝

いまあなたは立ちどまり
道ばたのハコベラと
ひそやかに話す
セロファン張りの
ビルの窓がふるえ
夜は明けていく

そして
旭日
のかなた

きのう摘まれた
アシタバは
はや若葉萌え
ゆっくりと天をめざす

おとずれ

かもしか
あおししは

じっと　たっていた
かなたのそらを　みるでもなく
さりとて　あしもとを　みるでもなく

あおししは
じっと　みていた
みみを　すますでもなく
さりとて　きかぬでもなく

いつから
なにを　つたえようとして
かもくを　まもろうとするでもなく
もちろん　いななくつもりはなく

かがやくたいよう
あおくさをすべっていくかぜ
うっとりと

しばし　ごごのゆめ

めを　ひらいたら
もう　あおししはいなかった

胎動

季節の風の
いのちが光る
きらめく木の葉と
もえあがる草むら

わたしと　きのうの
へだたりをつなぐ

下りてくる

まい上がる
光と砂ぼこり
その間に
よぎっていくもの
時をきざむもの

ものみな
かえりくる

出羽の夏

みどり濃くなるとき
不信もなく
ツクバネウツギ
白くかがやき

岩場に風舞うとき
嫌悪もなく
ハマナス
波を見下ろし

野に日満ちるとき
倦怠もなく
ミヤコグサ
夏の野に咲く

そして

雨あれば雨
風あれば風
日々は往くよ

四

松かさ

寝ころがって空を見ると
松の枝が空をはっていた
雲がとんでいく

無数の松かさの一個が言う

メヲツブッテ　ソラニトケコメバイイ

私は黙って立ち去った

その夜　風が強く
翌日晴れた夕方に行ってみると
松かさは　みな　落ちていた

あの松かさは　どれか
おーいと
呼んでみたが
もう答えてくれなかった

鳥が一羽
シー　ピシー　と鳴いて
私の視界を横切って行った

日暮れに

あの
そして　この日々
曲がりくねった五丁目から
いきなり海に飛び込むと
吐息のかげに虹が出る
ゆっくりと背伸びして
波の曲がり角から
飛び上がる
そこは限り無い二次元
こう
そして　こう
点と点を結んで
あすが成りたつ
街と
山との
狭間に
おしゃべりが続き
日は暮れる

北のためらい

北のまたたきがまた乱れた
ためらう

今年ツバメが来なかった
廃屋になったわけでもないのに

十年前は東西路の整備に
黄色い街灯が無作法にならび

十五年前は田園に
道突き抜け
ひとつひとつ壊れていく
思念は途切れ　追憶というさびしさ
二十年前にみぞのホタルが来なくなった
夜が妙に明るい
三十年前にはヨシキリの原に家がどっと立った
だからカッコウも鳴かなくなった
整然たる寂しさに青い風が吹く
景色をたどることをやめよう
わたしは知っていた
恒久など無いということを

ニーニーゼミがうっすら聞こえてくる
夕暮れ　カナカナが鳴きだした
星またたき
北の空を見る

岬にて
——いのち

季節の風とともに
いのちを守ろう
かがやく木の葉のもと
伸びゆく草をみて
たゆとう海を見て

私と昨日をつなぐ
光がおりてくる
しぶきが舞い上がる
その間にゆっくりと
よぎっていくもの

生きるといたむと

ほほ笑みは
冷笑を拭き消して
雲わきあがる
そのとき鋭角に
うずくもの

涙は
怒りを洗い流して

海わきあがる
そのとき術なく
円環するもの

生きるといたむと

海鳥かなたに群れて
季節の風とともに
私と昨日をつなぐ
岬よ
いま芝生と岩礁の接点から
あかねは消えていく

いま男鹿の岬に
花はなく
明日は来る

冬の風
――秋田　四ツ小屋*で

太陽はまだ遠い
きょう空は青いが
雪が舞う
すがれた野菜畑の上を
からすが二羽飛んで行った

そうだ
きょうは北へ行こう
背を丸めてじっと雪の山にうずくまる
あす吹く東の風を待つために

＊　四ツ小屋＝秋田市西南の集落。昔は四軒だけ家があったという。台地のすそで、梵子川の水もよび込んで、岩見川が流れている。

男鹿のハイネズ*

切り立つ斜面のハイネズは
ひろがりはえる
暗い夢のように
緑と黄の雌雄花は
海風に伏す

わたしは伏す
しかし広がりなく

眼下に波
草は悲鳴を上げてなびき
かなた
広がる海原の黒とうとう

わたしは伏す
しかし広がりなく

海鳥は風に逆らって
空中に停止する
風は空にうめき
水平線に消える

わたしは伏す
なんのために

岩場の上のハイネズは
むらがりはえる
苦しい夢のように
紫黒色実は結ぶ
花も終わり

ようやく立ち上がり
あてもなく去る

＊
男鹿＝秋田県の男鹿半島。
ハイネズ＝這杜松。海岸に自生する常緑低木。

五

秋田日録（1）

風が　ゆるみ

三月二十一日
谷深く雪の夕暮れかと思えば
空は黄砂に覆われた

四月十四日
　ハクセキレイ　せわしく
　ほーほー　と　キジバト　訪れ

五月二十六日
　ハコベラとノアザミ　灯をともし輝き
　モグラ　穴の外に死ぬ

六月二十日
　人はゆるやかに動く
　溝にザリガニとる子ら

七月一日
　アオダイショウ　舌ちろちろちろと行き
　ツバメ　空をかき切り
　アオサギ　二羽天空を行く

風は　まだ寒い

秋田日録（2）

風が熱い

八月十五日
オモダカ白く咲き
土崎*は事もなし

九月八日
風見鶏の夕べ
東南に向いて沈黙つづく

十月五日
ブータンから帰り

歩幅が狭くなる

十一月九日
雨と風
止んでまた雨と風

十二月一日
歩道に雪
高く遠くカラス周回して去る

十二月三日
朝八時
青い西の空に下弦の月が白く
疾風　ハタハタ岸に
無風　山々消え野には牡丹雪

＊　土崎＝日本最後の空爆を受けた町。

Ⅲ

三・一一　カミよ

小さな盆地の
ほっこりした村です

雪が消えると梅も桜も咲き　合い間に
赤紫のヒメハギや淡紅色のトキソウ
秋には黄色と真っ赤なもみじも見ます
ごく当たり前の季節が行きます

いつからか人が集まって暮らすようになりました

ただ季節に従って生きることの繰り返し
人は今日も耕し　星光り眠ります

こう　こう　と鳥が渡ってゆきます
空は夕闇　声だけがひびきます
木と草と動物たちも
いのち多ければさいわい
　　人がやって来て
「ここへ畑起こしてもいいかあ
　すこし木貰ってもいいかあ」
　　と聞き
「いいぞお
　ようし」
　　と森がこたえたそうです*
いまだってほんとは
同じはずなのですが

ちょっと違うのです　近ごろは
空中を飛び交うものがあります
飛行機や人工衛星は目に見えますが
見えないものも沢山飛んでいるようです
いままで無かったものです
地乱れ海走り　苦渋の時がおとずれる

でも日かげに斑入りのアケボノソウ白く
今年もヤクシソウは霜に枯れるでしょう

ほんとは　そこは
小さな盆地の
ほっこりした村なのです

＊　宮沢賢治「狼森と笊森、盗森」から。

あなたの仕打ち

一

雪とけて草萌える
あなたは試練という名のるつぼに
私らを抛りこみかき回した

　私は昨日と今日
　欲望と希望をまとって
　歩いていただけです

野の草が可憐に問いかけるが
あなたはそっぽを向いてわしづかみにして
遠くへ投げすてた

　私はもう疲れて
　雨脚のなすままに顔をさらし
　ただ坐っているだけなのです

二

淫楽は許されます
暴力も許されます
凋落は見送られます

　なぜなのですか

木も花も草も虫も
切ない恋をするのです

すべてを慈悲の名にかえて

コントロールする
嵐の合間の金色の奇瑞で
従わせひざまずかせる
谷間の一輪の花で
愛撫し懐柔する

なぜか　そのあなたに
べんべんとして従う

三

かもめとぶ海辺に
あなたは大波を押しつけた
何もかもさらって
無はこれだと示して立ち去った

私は恵みをお願いしていました
そして時を過ごしていただけ
おまかせしていたはずです

あんな荒々しい仕打ちで
答えて下さろうとは
ゆめ思わなかった

甘えていたかったのです
それだけだ
春の日ざしが忘れられなくって
ただうっとりともたれかかっていたのです

鎮魂 そして 立つ

一

闇に振り回されて
流星や虹や稲妻の交錯する所
を　通りぬけると
荒涼に放り出された

だが目を閉じればそこは日差し豊か
和草《にこぐさ》ほほ笑む草原だった

深く息すれば
かすかに光はかがやく
あきらめなかった「生」なのですから

海よ空よ　いま光は流れ
鳥は行く

二

そこは静かな美しい街でした
だが
いったいあなたはどこに行ったのですか
呼びかけても涙しても声なく

なみだ尽きてぼんやり立っているとき
なにか胸に聞こえてきました
湧き上がる重いひびきでした

それは
野の花のような木の幹のような

なつかしい香りでした

三

今と今が連なる　いま
時の中の私
と　耳に残るのは
あなたの声です
これは力か
時が力となり
明日の声となる

声なき声も
今この声も
いのちの再生を目指す
それら再生の証《あかし》に

限りなく力みなぎる

四

やあーっ　それ
燃え上がれ
君の心にぼくの手を
わたしの瞳はあなたを見据え

花みちる中で
なみだ滾《たぎ》らせ
力は涙をふり払い
さあ　どんと
思いっきり大地踏ん張り
大空に手を伸ばそう

風は凜々
遠くかなたに
声は嘆きをふり払い
さあ　どどーん　どん
そしてやさしく　ほろりん
ほろん

五

自然と力の間《あわい》に
人知は立たされ
さあ　いずれを取る
空行く人も地に居る人も
われら岐路を見ながら
後悔の苦さは

胃の腑から脳天に突きあがる
進む
　ヒトよ　おごるな

六

優しさと苛酷さをもつ
波と大地のかなたから
あの人の声が聞こえる
寄り添っていこう
いつも一緒なんだ
苦しみと痛みを
一緒に受けとめて
明日を見よう

ああ
日は昇る
野に花々ひろがり
新しい天地創成
さあ　明日の風を聞こう
大きな力の訪れを
　ヒトよ　おごるな

地動海嘯

——さまよう祖霊へ

さらに祖霊よ　まことかの洞察力にすぐれた神仙が話されたとおりに申せば[*1]——

「二度目の冬　ふるさと宮城　なじみの海　閖上の浜　荒浜　深沼　広がる井戸浜は宮下橋が残ったが海側の松並木が二本反対側が十九本残った　家並　竈はみな亡者船に曳かれていった」

だったのさ　ああ　あのひとも　あのひとも　あのひとも
いった　いったさ　いってしまった

「船はカミへのささげ物　たとえ歌声が聞こえても　行け　行ってくれ
瓦礫取り払われても家々の土台だけ残って広がる荒涼
はるか北に七ツ森　泉ヶ岳　西に太白山はいつものように連なる
ここ二丁目の街並み今は空しく広がる　あんどん松の夕日がさびしい」

なりふりかまわず　なりふりかまわず
なりふりかまわず

（倒れている看板は地酒浪の音　社なき閖上湊神社　富主姫神社　日和山神社「五千人の町を復興　それほど戻らないと推測される　戻る人たちの宅地整備でない　あくまで閖上のまちづくり　町がばらばらになるのでは？　現在町を出たいという人の方が多い　戻りたい人も相当数いる　ある程度の人口規模を達成しないと　街並みの形成　病院や学校スーパーなどは　むずかしい」『閖上復興だより』事業方針から）

あのひともあのひともあのひともあのひともあのひともあのひともあのひともあのひともあのひともあのひともあのひ

「さまよう彼方に幻の中で浮上する舟　見ろそのとき常套の風化しかかった　キズナ　ユウキ　ゲンキ　ササエアウが　私欲　営利　から離れて　光りだす」

「ヒトウラメバスナハチカミイカリ　カミイカレバスナハチサイガイカナラズシヤウズ」[*2]
ありがとう　さようなら　さようなら　きっと
ああ　あのひとも　あのひとも　きっとね　でもまたくるぜ　またあるよ

—されば　船は沈む　幻を　君浮き上がる現実に明日という日を　ほんとのあしたに

（二〇一二・一二・四）

＊1　『ラーマーヤナ』一の一一颪に

＊2　『仮名貞観政要』

祷《いの》る

母よ　大地よ　復せよ
　地動舎屋悉破　ナイフリテ家数コトゴトクコボタ
　レヌ　（書紀）
いつもの　土と緑と石と木々に
水おだやかに日はかがやき
母よ　母よ　また天なる父も
　いつものように大地に我らを立たせよ
岩堅固に　山悠然と　地は曠茫
そして立ちあがり回帰する
　陟彼屺兮　瞻望母兮　青山ニノボリ　ノゾミミル
　ハ母ノカタ　（詩経）
世界はいのる　いのるよ我らは

Ⅳ

一

ゆくりなくも

ゆくり
なくも

ゆく
りなくも

ゆ
くりなくも

ゆくりな
くも

ゆくりなくも

黄金の
地平の
夕暮れに溶けていく

きのこ　と　生のかたち

はろはろに思ほゆるかも
白雲の千重に隔てる……（万葉巻五）

A

浮かんでる　浮かんでる
ここ　あそこ　それ
あちら
見わたすかぎりだ
浮かんでる

沈むものはいない
沈みたくない
青い空　白い波
白い空　青い波
浮かんでる　浮かんでる

ぶつかっても　ゆっくり
はなれていく　またまた来る
でもゆっくり
浮かんでいる

ある日授かった呪文
のような生なんだ
その日から
浮かんでるよ　うん　浮かんでる

でも　やはり
ちょっと気ばって
浮かんでいるのもある
見わたすかぎり
いっしょうけんめい　浮かんでいるよ

B

ずんぐりして
袋のような俵のような
やわらかくて
コンニャクのようなイモのような
切れば切れるがまたくっつき
でっぷりしてどっぷりして
それでいて
すばしこくて

C

酒一斗
ひさごにあまる
酒を飲み
足どりゆるく
草地ゆく
地平にしずむは
日か
月なのか

薬壺は　菩薩の手をはなれ
いずこともなく消えていく

Sさんの家の老犬
――君に問う　いまさら何が

丁字路というよりは
Y字路の突き当たりに門があり
横に延びた松の枝下をくぐると
その奥に小屋が立つ
片耳垂れた老犬がいつも寝そべっている
吠えもしない

小屋の裏
草ぼうぼうの壁面高く
アンドン*が二基かけられている
早苗時のアンドン回しも今はなくなり
乾ききって掛けられている

Y字の取っ手に続く南へ真っすぐ伸びた道
かつては　みなSさんの田圃だった
叢にはヨシキリの巣があった
だから托卵のカッコウが孵ると
大きな声で鳴いていた
何ごともなくヨシキリも鳴いていた
ヤマバトもホーホーと鳴く
夜には用水路にひかる蛍
流星は絶え間なかった

主のSさんは左足を引きずっていたが
三年前の夕暮れに訪れた物凄い金色の雲に
融けこんでしまった
〈こうなるのさ〉が口癖だった

むかし自分の田圃だった
広大な住宅地の上を
Ｓさんは翔び去った

今はもうヨシキリもカッコウも蛍もいない
ヤマバトだけが時折
人通り絶えた三相交流の電線の上
くぐもった声で
ホーホー　ホーホーホ　と鳴く

老犬とアンドンはとり残された
スミレが毎年庭に咲き
ドウダンが垣に顔を揃えたころ
老犬はちらっとそちらに目をやり
くちごもっている
〈風を見てるんだ〉

大通りを自動二輪
頭上をヘリコプター
が轟音をたてて通り過ぎても
アンドンは身じろぎもしない
初雪が鼻先をかすめるころ
老犬はまたちらっと目をあける
そしてつぶやく
〈ボウキャク〉

裏山の神社が
午後五時の時を告げて
平調のエテンラクを奏でる
笙　篳篥が響き鞨鼓が
トン　トン　トーン
とおさまると
救急車が駆けて行った

老犬はちょっと首を延ばして
ささやいた
〈あの窓を開けてくれ〉

雲は
かなた高層ビルの上に
金色の火を消した

＊ アンドン＝田んぼを転がして方形の印をつけ、その角々に稲苗を植えるための八角円筒組格子のあんどん状の器具。今は使われていない。

組詩　いのち

生

切りとったら
すっきりみえて
でも　これでいいのか

歩む

信号　寡黙に　ずずず　石畳から
せり出す　ビル街の谷間で　風に
擦られ砕け　ゆるやかに舞い

そして歩む

草山　肥のにおい　鳥　風　虫　木
木は天意のままに　季　真青なまどろみ
魚　海の星に浮かぶ

　　立ちどまり

まだ　きょろきょろと　息づいている
まだ　ぴくぴくして　おそれてる
ためらっている
大きく大きく
耐え難いこともある

　　やがて

カゲロウがゆっくり着地
あす
いのちは　もうとばない

ツクバネウツギ　枯凋落下

　　ヤマバトは渡りに去る

落葉に雪ふりつみ
町にネオンがにじんでも
深いねむりはまた花をよんでくる

ぼう　ほうほう
やまばと　深々と呼びかけて去った

詩友K・Yがもう書かないと言う

道ばたにススキの光るころ
やまばとは去っていった
彼は病んで
詩はもう書かないと言う
風のつぶやきでもいい

何か言ってくれ

年の瀬に二尺の台上神棚の掃除で
仰のけざまに倒れた
半身が不随
明晰なのにもう書かないと言う
弱視が全く見えなくなった
ああ良い経験だと言い
幸せなもんだよと彼は言う

何十年前だろう
小林秀雄を説き
ランボー、マラルメを説いた
口を開けて聞いていたものだった

すがれた畑の上を
鳥が二羽まるく翔ぶ

ぶつぶつつぶやいてくれよ
書き取るから
それが君の詩だよ
きのうがいやだと黙ったのかい
ケッケッケッ　はっはっはっ
　うん　それはそうだ
という君の言葉はいまも肺腑に残る

今日がいやで
昨日はどうする
じっと眼を閉じ
時折かっと開いてやはり見えない

かつて
君のあざやかなきわだつ言葉は
わたしを夢と戸惑いに導いた
さびしさは脳天を過ぎていく

見えるのは
いま見えるのは
青い海に雪が舞うとき
さびた川岸の上空を行く
白い鳥だけ
カーンと木魂する
峰の奥へ行く
黒い鳥だけ

二

そこに山が

あるからだ

あるはずだ
爪先立ったら
山脈がかなたに見えた
粉雪が降っていた
雪のふる音が
聞こえてきた

あるからだ

あった
でもほんとは頂上へは下り坂
かかとで滑ってもすべっても
終着点は見えない
ガスがかかっている
ふと雨の音だと思ったら
それは谷のせせらぎ

あるからだ

異臭に満ちている
クマか　タヌキか　カモシカか
いやブンメイだった
大きく吠えたら
一面にイルミネーション
の展開　見上げる空は
どす黒い赤だった

なかった

ぎらついて　ざんざめく
身を委ねるとうち砕かれ
その喧騒は
ビルの静寂に

隠れても潜んでも
逃れることができない

耳を覆っても重低音が
唸りつづける
爪先立って
ざらざらの壁面を
駆け上がるよりほか
手　は　ない

ああ　山はなかった

何なのだろう

漆黒の闇
　が身をつつむ

どこだ
ひたすら歩いた

匂いも香りも春とともにとび去ったが

天ほの白く……やがて刃の銀
ついにはあまねく黄金にかがやき
雲に雲あり　山に山あり　川はながれ
雪原はてなくひろがる

うしなうものは何となに

気がつくと坐っていた
にこ草の上
ほどほどに気持ちよく
花一輪
が一輪をよび

限りない花々

どうにもならないのか

かなたに
こう　と啼く鳥
そして
さらさらという音は
気か水か焔か

もののあわれよ

立ち上がったそのとき
踏み出した一歩に轟音
ゆらぐ地底
に身をまかせ
そこは水底か虚空か

カミ身をよじらせて――
　　目をひらくのは腹が立つか

のび上がると陽が見える
かがむと夜が来る
人人人
人は億千とむらがり
野を山を海を行く

　　おーい

うたい　舞い　あらそい
淫らに草木を撫で
乱れて眠る

　　針金のように素直に
億千は闇につつまれ
億千は迷妄の花冠をいただき
骨肉朽ちて
ああ日はまた昇る

図式の中で

ぼくは図式の中をさまよっていた

冬過ぎて
山はほんのり紫色にけぶってきた
渡りの鳥もやってきた
リュウキンカすでに枯草の中から咲き出し
カタカゴの花うつむく

コイするとアイするとヒナンとドゴウと
町はさわいでいる
そこで追従と淫靡を振り捨てるように
シェーカーに入れてふりまわした

ぼくはまた図式の中をさまよっていた

春の日ざしの中で
季節がきのうも今日も峰をはしる
けもの道なのか
カモシカがゆっくり目の前を通り過ぎて行った
ノネズミ姿をかくす

文明に首をかしげて

山なみに日は昇る
野の花　イチゲやケマン　まだ早く

白神　十和田
小阿仁川　小猿部川　犀川　米代川
　恵み溢れる
その秋田に住んでいるのに
文明と失敗で
わたしたちも燻されています
向こうも見えず
　　何かがこみ上げる

男鹿　田沢
真瀬川　田代川　玉川　檜木内川
　海広がり川流れ
その秋田を轟音が襲う
連れて去ってください
わたしは青い果実を噛んでしまったが

春風のような困惑から
　どうにか抜け出したい

駒ヶ岳　真昼岳
太平川　岩見川　淀川　雄物川
　鳥は思うままに飛ぶ
その秋田に軋りが聞こえる
まもって下さい
空に雲がゆっくり流れ
ひかえめな笑みがただよう藪影に
　　そっと坐りたい

前森山　鳥海山
子吉川　白雪川　奈曽　獅子ヶ鼻
　しっとりぬれる
その秋田に何かが跋扈する
闘ってください

傲慢な広がりを
ひとなめして海のかなたへ
　思いきりはき出して下さい

雁は空高く白鳥は低空を帰って行き
海原に真赤な日が沈む

さよならの向こうへ

風が緑に吹く日
私はさからって町に出る
鋭角の階段を上りきると
紫の花を買う

日常の代償を
窓口で払い

ビルを出れば
長方形の夕暮れに
無気力な雲が流れる

じっとショーウインドーの灯りを
胸ポケットにおさめ
なるべく足音をたてて帰る

夕暮れの鴉が
嘴をあけて飛んで行った
さよならの向こうへ

詩集『無窮動』（二〇一八年）全篇

I　時をつかむ

年輪

枝が分かれて
葉が茂った
太陽が樹間に微笑むころ
年を刻んで
あなたは明日へ燃える

根幹をたどり
土をさぐり
確かに鋭く

指を伸ばし
あなたは時をつかむ

そのあと
むせびながら
こみあげてくるもの
きのうが
きょうになるころ

あなたは
語りかける
太陽に
問いかけながら
あるいは
うたいながら
夕べのかがやきと

白みゆくあしたを
しっかりと支えながら

地のぬくもり

思想のかすれた今世紀の
街に　木枯らしが吹く

野に山に
籠りの冬
冬
時に　はたたがみ
天空に包まれ
大地に和し
人　籠り

降る雪の
嬉しさ
積もり

積もって
背をまるめ
そっと
春の方に手を伸ばす

ふるさと

空
の　むこうに
山
の　こちらの

からまつ林

目が
ひろがり
川となって
行く

ざらざらした
手ざわり
から
のびる
ゆたかさ
ゆたかさ

やがて
花々は他意なく笑み
人はしたり顔に

春を迎える

春野

　喧噪の都会を横切り林の
　奥の叢を出ると開ける
とりどりの花
一輪　また一輪
ゆっくりとしおらしく
しかし鮮やかに咲く
　ニホンジカは人に嫌われ
　どこかへ去って行った*
しかし確かに咲いて
だが誰も見ないうちに
散っていく花々

野から林から叢から
せりあがった空
深い空
　あの飛行機雲
　ジェット機が行ったらしい

踏まえた地
見上げる空
もの言わぬ
春野に
日は沈む
　かのざらついた街の春野には
　色とりどりのネオンがともる

* 世の中よ道こそなけれ思ひ入る
山の奥にも鹿ぞ鳴くなる　俊成

無窮動

若葉のむせかえる匂いに
テニスの打球音が響く
かすかに救急車のサイレンが遠ざかる

陽光の真似をして球の音に近づくと
そこには眩しい少年の腕と腿が
躍動していた

球は小鳥だった
打たれると飛び
飛んでは戻ってくる

鳥は赤い糸を咥え
行っては戻る

やがてコートは赤い布に覆われた

少年は赤い布に覆われた
球音が消えると
少年は紅の上に飛び上がり乱舞する

山ぎわに陽がおちかかって
無窮動の彼の舞は
空中に拡散した

時の刻みはよみがえる
ゆるやかに紅い繊毛は闇に向かう
拡がりの中ですべての消滅をねがって

なお
ひびく
ペルペトゥム・モビレ

季節の風に包まれて
——そっと

背後から抱きしめられて
少年は失神した
あれから
彼方を求めて
旅立った

導くは大空の風
少年は蘇った
頰ずりの痛みを捨てて
旅から戻った

幼な友のやったように
種をとって酸漿を
鳴らしてみる
薄く紅い音は
少年を包んだ

夕べの蝙蝠が飛び交う
夜の舞がつづく
少年は目をつむる
闇も目を閉じる

どんな風でも　いい
あるときは激しく
でもついには
そっと包まれて

春の底から
――ああ万物

生まれろという事ですか

雪も融けました
あなたは
いま　どこにいるのでしょう
せせらぎの音かな
それも　耳鳴りの奥で消えた
そっと季節を背負って
歩いているのでしょうか

いつもこうなのです
こうして歩むのです
いまさら何を思えばいいのですか

霧の向こうから微笑み
とび出して手をのべて
歩いていくのでしょう

ノコンギク　や　ノボロギク
ハマボウフウ　は砂にまみれ
それぞれのいのち
でも本当はどうなるのです
太陽を尾根は支え
季節をわたるだけですか

ウサギは出てきました
モグラも這い出しました
もちろん鳥たちは渡りました
茶から春色に木々のうた
枯草丘に伏せ
準備は出来ました

そして――

ふもとでは侃侃諤諤喧喧囂囂
ウソを言い合いながら
ケツロンは分かっているくせに
言いふらしているやつもいる
大音声で鼻うごめかし
神妙に本気で白々しく
喋りまくっているやつもいる

そして――

山は目を閉じ川は口をつぐみ
黒い雲が立ち込めて
花も猫も黙ってしまいました
風のほほえみも消えました

天と地は
又も裏切られたのです

死ねという事ですか

揺れる万華鏡
――無作為行進曲

猛然たる意志が彼を襲った
屋並み美しい沙漠に逃げ場はなく
立ち尽くしていた

今は使っていない倉庫に
時報が嵐となって渦巻く
彼は後悔した

あの初めての経験を
ペスト菌のように思い出し
幸福とはこういうものかと
改めて知った

巨大な砂山の底にもぐると
公園の整った美しさに窒息する
ただ夢中で走った

わが身の大きさに
空洞は前進し
それは快感となる

過去とは未来の砂の中
疲労のような叡智を忘れ
不幸とはこういうものかと
思い出した

硫化水素の立ち込める
巨大なブンカの十数世紀つづく都市群
恥ずかしげもなく惑乱して
実は意味なく哄笑し続ける
滝のように落涙し続ける

ああ　所詮
あれはあれ

Ⅱ　時の刻み

雪の中で

起きあがれば

重い訛りと
拗音　濁音の急流
の間に
北の冬は訪れる

雲の切れ間に
ときおり月光
がきらめく
山は雪に覆われた

流星ではない
小型ジェット機
ひと時の後
轟音が頭上をこする

虚実きらめく

はるかな街から
かすかな便り
分からない

また　しんしんと
覆いかかる
雪　と　雪
寒さ　と　寒さ

時の流れを
手を伸ばして
捉えよう
抱えよう

倒れるまで

今日

いつものようだった
いつものことだった

真白いモクレンの花びらの上に
レンギョウの十字の花弁を置いた
そしてたぎり立つツバキの花群に
投げ入れた

耳を覆う轟音のなかで
広がりゆく泡立ちのささめき
しかも青空が果てしなく拡散する
今日の終りを告げて鴉が行く
これらは神の皮肉だ

　アイコデショ　アイコデショ
安易に生きる
　俺たちへの皮肉だ

もう帰ろう
か　夕日が西の空に輝くとき
東の空　生の幻影に射す
十五夜の月が白かった

いつものことなのに
いつものようなのに

今を

金色の渦を巻いて
天空遥か消え去ったもの

思い出というには相応しくない
なぜ　暗やみの彼方へ消えていった
悔恨というには煌めいていた
そんなはずはないだろう

季節のうたが聞こえてくる
夏でもない春でもない秋でも冬
でもない　ずっと遠くから
どうしてそれが季節といえる
それにしても重いから
引きずりこまれそうだ

ああ　すべてに背を向けて
歩き出したら
あのやまばとが呼びかけてくる
くぐもった声で
答える代わりに目をつぶった

すっと身体が浮いた

雲にかくれた尾根には
まだ雪渓が残っているはずだ
身を横たえ光とともに融け込もう
そこで大地のおしえてくれる
時間にまじわり
空に芽生える明日を飲み込む

新たな旅立ちだ
枯れ木が薄墨色から茶に
紫へ　そして緑へのグラデーション
息をのんであなたの行くのを
見まもる　もう　いい
明日は　忘れて今を過ごすから

祈る

日は分厚い靄に包まれて
　昇って来た

街に
欺瞞の朝が来る
交差点の信号は
忙しく点滅する

かなたを見やれば
海を蹴飛ばして
島が溺死した

　星も月もない
夜を不安が包む

街に
夕暮れが訪れる
ビルは窓々に
灯をともす

かなたを振り向くと
空をひっかいて
山が気絶した

　ささやかな
風の気づかい

誰も気づかない
絶叫という意味がもう
どこかにいってしまった
あやまち？

かなたを見あげれば
時を抱擁して
川は激怒した

もう　薄明りをかき集めて
睡蓮　に祈ろう
みんな忘れてしまった
あの太陽のゆりかごに

深林の微睡み　あるいは　迷い

かそけく　ひろがり　不可視に
手をのべ　まさぐれば
おどろに　ばっさり　あてなく

ふらりと　踏みこみ
かけこみ　せきこみ　ついには
すてみで　はきだし
はやしの　ふしぎに　ふあんに
やすらい　たたずみ
無と夢と　なにゆえ　ゆめみて
うすれる　かなしみ
ああいい　ううええ　ええおお
今日こえ　酔ひもし*
よじって　ねじって　くやんで
とけこみ　飲みこみ

されども　ごうまん　　あきれて
ほとほと　ことごと
されども　ひとひと　　はなれて
はるかに　はなれて
明日なき　かなたへ　　果てなき
ひかりへ　明日を見て

＊「いろは歌」もじり

北国　――白い少年

青から紫に
そして漆黒に
落ちていったとき

少年は季節に躓いて立ち止まった
あの声が聞こえたからだ
真っ白にくぐもって
季節の彼方から聞こえてくるのだ

手をあげると音は止んだ
その代わり風が
少年を雲の向こう側に
ほうり上げた

ホワイトアウトの中を
少年は行く
頰を染めて行く
たおやかに弾む肢体

しなやかに

まとわり包む白
緩やかに流れて
時の視界から去ってゆく

やがて点もかすかに
遂には融けて
かなたへ　しかし
確たるひろがりとなって

枯れた梢の向こうは
金色に輝き
光の尖端は天を打つが
晏晏と　穏穏と

ほのかな懐かしさ
そして広漠
安らぎは野に満ちる

カプリッチオ

——天地　人

遠い山肌の木々が蘇《す》芳色《おういろ》に染まったのに
地肌は一面に雪の白がひそむ
町に桜はまだない
今日　やまばとの声を聞いた
チチ　チリチリチリ　という小鳥の声
を背景に
ほう　ほう　ほう
と鳴く　それは夢のくに
遠いような　近いような

突如　天空を裂くもの
轟音は西南から北東へ
一瞬木々は青ざめ

あとは静寂の闇が
街いっぱいに広がる
ヒトの自信に満ちた
無知と傲慢が
天と地を傷つける

見る毎に町はやつれていく
放埒に彩られた街を
ヒトは踊る舞う
満ち足りた行列が
店頭に　ビルの入り口に
悲しく連なる

きのうを戻せよ
山ではナダレが呼びかける
あすへの再生
つなみは　地震と共にあえぐ

沖は青に染まり
三角の波は広がっていく

市場の魚は戸籍を失い
眼を剝いて横たわる
遠いふるさと
果てしない太古への夢

原潜が狡猾に辷っていく
一瞬海底の砂は苛立ち
そのあと砕けた波は
街を襲う

山と海の懐かしさを
遠く望んで
重い　私らの
ああ春は行く

ほんとうの春を

いつからでしょう
山は目を閉じ
川はひっそりと
花々もだまってしまいました

ふもとには
　人が集まり
うそを言いあい
　騒ぎたてる

雪も融けました
ウスユキソウ　ハハコグサ
ほんとうだったのだろうか
　たとえば　明治27　明治37
　　　昭和12　昭和16

雪をかなたにタカネザクラ
それぞれの位置を
とりもどしたかに見えましたが
　たとえば　60年　70年
そして　今

あのひとびとも
どこかへ　まぎれてしまいました
でも太陽は尾根のかなたに
季節を支えつづけます

山がくずれても
噴煙が街を覆っても

声を張り上げても　ひそめても
枯れ草が丘に伏せても

芽吹く木々のため
訪れる鳥たちのために
今をかたります
いのちを思いながら

失う　とはどういうことか
山に　川に　遠く海に
尋ねよう
花々とかたろうよ
わたしたちも

羽州越後日本海

風しかないのかい　日本海
海岸砂丘に風車は列び
一つ二つ三つ四つ五つ六つ七つ

わびしいなこの風景
でも　原発はない
ああ　いや　刈羽にあった

薯の葉枯れて　稲原みどりに
潮はゆっくり流れ
かなたに飛島粟島佐渡島

時間は流れ
都には　今どんな風

日本海に日が沈む

羽後の山中から

――本当の文明を慕いながら

私は眠りに落ちていきました
しかも安らかに
しっかり包み込まれて

私は爽やかに目覚めました
たしかに小鳥の声に
たっぷりと浸って

峯続きに
木々が手をとりあって
不確かにゆらぐ

そして霧の向こうから
声をかけて来る

さあ行きなさい
その索漠とした心で
街のざわめきを削り取って

終ったら
小鳥の声の中を
また山に帰ってきなさい

Ⅲ　季節の風

南から北へ
――羽後の野と山

根開きに
春はおとずれ
紫に木々は芽吹く

丁岳《ひのとだけ》
　山々は川に分けられ
笹森丘陵
　山々は盆地に断たれる

萌黄はやがて
濃緑に
　太平山地
　羽州久保田にカミ宿り

金一色に
やがて銀へ

白神山地
　田代岳を下りて素波里《すばり》の湖

幾夜か明けて
すべては
白一色に還る

カイツブリ

カイツブリが
やってきた
赤から黄に
替わった羽

越冬の
小《お》友沼《ともぬま》
と
八郎湖
と

　　キリリリリと鳴くのは
　　明日への警告か

ささやかな
いろどり
点在し
ゆっくり波紋は
広がっていく

渡りの春

　　くぉー　くぉー　くぉー
渡りの鳥たちが行って
ネコヤナギの花穂は仁別《にべつ》の川縁に
光ゆれて風は山へ登って行った
すべての思いは
谷間を上流へ向かう

だが　街ではゆうべも
結果の無い朝を迎えた

　人は羽根がないから
　急ぎ足に今日へ散らばっていく
　鳴くことはできないか

季節は美しい初夏へ向かう
陶酔のさかい目から
やはり今を言葉にしよう

定住の我らも進もう
ゆるやかな幸せから
葛藤のるつぼへ

　くぉー　くぉー　くぉー

渡りの鳥たちは羽ばたいて

スミレは今年も寒風山に

風ゆれて光は海へ広がり覆《おお》った
すべての憧れは
雲のなか天空へ向かう

だが　街では今夜も
あてもない夜を迎える

ああ　かれら八万羽は
八郎潟　小友沼　からウトナイへ
さらにカムチャツカへ　三千五〇〇キロ
花を捨て　さらに花を求めて　行く
　くぉー　くぉー　くぉー

花の傍らを駆けぬけて

あなたは何をせよというのか
わたしは立ち上がる
もう陽が出たのに
海面は黒くこわばっている
一すじ二すじ三すじと
それら合間に小波ゆれ
水平線は赫《かかや》いている
雲はひととき停止している
一羽のカモメもいない
跳ね上がる魚もいない
だが海からは
たしかにメロディーが流れている

出羽日本海に面して岩城から

君ヶ野　そして檜山峠を越え

あなたは何をさがせというのか
わたしは開花を追っていこう
一面の枯草のすき間から
緑が無数に吹き出している
目を上げれば
紫色に芽吹く雑木林
その中にコブシ白く
かなたにヤマザクラ
枯れた竹林のすそに
スミレが咲く
晩春の午後
人も鳥もいない里
だが野山からは
たしかにリズムが響いてくる

女米木《めめき》の集落に
雄物川はゆるやかに流れる

花から遠ざかれば
かくも苦しく
花に通じなければ
かくも辛い

打ち寄せる波に押されて
ハマヒルガオとハマエンドウの紫に別れ
サギソウの白い湿地を通り
トキソウの山地を駆け抜けて高みに出る
ただ　空へ　花の傍らを
駆けぬける為に　駆けぬけて

水無月の風

山あいの谷川には細い確かな流れが
時間を越えて光っていた
幾通りもの緑たちがかすかに揺らぐ
ぴーぴしーと樹間にさえずりは響く

求めるものは遠く
進めばなおも遠のくが
薄暗い足元を確かめながら行く
あの光と声を求めて

一体なにを希んでいるのだ
陶然とみずから満ち足りて
しかも行く　風もわたしも
悔いもなく　風もわたしも

光も声も闇に落ちた
わたしはうずくまる
哀楽の時間を棄てて
水無月の風にとけこむ

イワブクロと鳥海山

悲しみの夏　ほんの少し残った雪渓を踏んで
花は　よろめいて　やがてどうにか通り過ぎ
叢を出て　ほっと日溜まりのような空き地に
そしてついには　夕暮れの街に出た

もういいよ　思わず花に語りかける
コンクリートのビルは君に似合わない
紫のツリガネ　君には砂礫がよく似合う

ただれた月がゆっくりビルの肩先から出て
アオサギが　一羽西の空に消えていった

季節のはざまに

カナカナが鳴く
薄明の中に
季節の向こうに
細く強く鳴く

緑はこわもて
鴉はまだ子育て中なのに
カナカナが鳴く
夕暮れに鳴く

一匹加わって

鳴く
ああ　また一匹加わって
鳴く

アオサギが二羽
ゆっくり　茜の空を
西の空に去る
カナカナが鳴く

そうしていればいい

もし君が走りたかったら
そう
空まで駆け抜ければいい
もしあなたが咲きたかったら
そう
野原一面に花開けばいい
でもひっそりしていたかったら
そう
ゆったり　草になって座っていればいい

鳥海は悠然と山すそを拡げ
米代　雄物　子吉《こよし》の川は流れ
日本海は空を映す

つかれたということを
ずっと忘れ
大地に伏すことをおこたり

ののしり合い
ほめちぎり

美しさを競い
それも続くかどうか
その眸には悲しみが
見えるよ

山は

ぐるっと廻ってもどってみても
幾度廻っても
風景は変わらないはず

でも　変わっていた
青葉が紅葉に
なるなら納得する
しかし何より
空気の色が変わっていた
じっと見ていると
実は粒々が動いているのだ
不変色が
変わっていくのだ
平気で変わっていくのだ
臆面もなく変わっていくのだ

ずーっと向こうに見える
黒森山は
じっとこちらを見て
悲しげに笑っていた

寝そべって

――文明との共存

信じるか
信じないだろう

おれは
ゆっくり文明に寝そべって
ネオン輝く駆け足の
街並みを見ているのだが

美《うま》し国よ
ブナ林はやさしく
ガラサワノボッチ*を愛撫する
真瀬川の水は　海にゆっくり注ぐ

舌を出して
きょろりとした目で見て
信じてるんだろう

輝《かが》う国よ
小友沼は二万の渡り鳥を宿し
ハクチョウ　ガン　ヒシクイを
南へ北へ飛び立たせる

いや
どう言われたって
やはり信じるよ

豊《とよ》の国よ
人は身を任せて
きわだつ栗駒や丁岳に
子吉　雄物　奈曽の流れに　稲穂の稔りを托す

ゆっくり起き上がる
こうしては居られぬと
押し寄せてくる足音に
半ば焦りながら

信じてくれよ
共存のために

＊　秋田・青森の県境　冷水岳《ひやみずだけ》

人たちの上を群鳥が行く

定住の人は
地上の文明の荒れ地で
見送るばかり

今日も八郎湖から
鳥たちが飛び立って行った
いらだちがほぐれる
低空を白鳥がわたる
いらだちがとけていく

天空を
たれとて不満なく
さりとて陶酔もなく

こうこうこう　と
リーダーが呼びかけ
こうこうこう　と
従って行く

飛び行く

ヴォカリーズ

今日も八郎湖から
鳥たちが飛び去って行った
　気はこまやかに流れる
高空を雁がわたる
　気はこまやかに流れる

　天空を
　たれとて喚くでなく
　さりとて嘆くでもなく

こっこっこう　と
互いにさわやかに
こっこっこう　と
棹になり　鉤になり

　飛び行く
　トレモロ

整然とゆらぎながら
秋には　南へ
春には　北へ
八郎湖から行くのだ
　むらとりの　朝立ち去《い》なば
　後《おく》れたる　我《あ》れや悲しき＊

＊　万葉四〇〇八　大伴池主の長歌より

確かに時は動き

いのちをたぐりよせながら
雪と風の日は過ぎた

まだらな残雪に
黒い山林が浮かんでくる

重い帯は岸辺で
白波をはじかせて
葦は黄色く立ちあがり
ゆっくり西へ流れる

　街には塵埃が不規則にのこり
　薄汚れた壁面が
　日差しを一杯にうけている
　どこもかしこも

フクジュソウ
ひかりを浴びて群れ
男鹿に手形山に
いのちをとりもどす

シオデの黒く曜《かがや》く珠《たま》は
まだ遠いが
ひかりはせわしなく駆けめぐり
少しずつ時は熟してくる

　街にはビルがまぶしく
　のびあがる人知は
　むなしい光芒を放つ
　きのうもきょうも

山々がむらさきにけぶり
渡り鳥の交替
鳥海、丁岳、潟を経て
峰に沿って　白神山地、田代岳

ハクチョウ、ガン、カモ、ツグミ

ツバメ、ホトトギス
カッコウ、ブッポウソウ
時は確実に飛翔する

街には人が漂い歩き
泊まり泊まりに
こよいもたたずみ
切なく灯をともして

Ⅳ　日本最後の空襲　土崎

あの日
——土崎＊　日本最後の空襲

最初の爆弾は八月十四日夜十時二十七分　翌日
十五日は正午にラジオで重大放送があるというこ
と　それは　警防団関係者には四、五日前から
日本はポツダム宣言を受諾せざるを得ないという
ことが分かっていました　十四日夜に空襲がある
とは夢にも思わなかった
　ところが　県警本部から電話があって　マリア
ナ基地からの電話を傍受したところ　今夜十時
「アキタ　アキタ」という言葉が四回入ってきて
いる　今夜一晩は十分警戒するようにということ
でした

日石さ　ドッカーンと爆弾が落ちた時には息子
と娘と私の三人で逃げました　一度防空壕に入っ
たども　ここもあぶねえっていうんで走ってたら
シュシューときて　これは大変だと思って木の陰
さ隠れたら　どこさ落ちたやらドガーンときて
娘はずーっと飛ばされてしまった　息子は「あ

れェー痛ぇ　痛ぇ」って　破片が脇の下に刺さって　そのあと「水飲みてぇ　苦しー」って　水探しにも行けない　それで土掘ってたらはっけ（冷たい）砂が出てきたのでそれを顔に当てて「いい気持だべ」って言ったら「あどオレ駄目だ学校の先生になんぼだが血出れば駄目だって言われだ　もう駄目だ」って最期に「万歳！　万歳！」って死んだんです

うちは上酒田町で今の中央一丁目です　十四日の晩は飛行機も来ねぇべって　いつももっぺ（もんぺ）はいで寝たりしてあったのにその日はゆっくりした気持であったの　夕飯食べて母親残して六時ころ挺身隊の詰めていた学校さ行ったの　翌朝竜神通りの方から帰ってきたら家が無くなってました　親戚の家さ行き　ニュース聴いてからまた家のあった所に行ったら消防団の人が来て家は木端微塵で跡も無いと言って　その後親戚も消防団の人もまた来て探しても母親は見えない屋敷の端の畑にすり鉢状の穴がありました　つついてみるとトタン屋根　それは隣の家の屋根で逃げ出した母親がそれにやられたんです　掘り起こしました　かぶっていた布団を通し背中から腹にノコギリの刃のような破片が刺さっていました　仏さんの位牌や写真　通帳など包んだものを持っていました

私たちは逃げる時　田んぼのあぜ道さ　みんなして伏さった　してみんなやられだ　娘の傍さのこぎりの刃ねじったようなものあって　それでやられだなだがど思う　まるで血の中に座ってたみでぇになって　四歳の子の右のかがと　がばっと取れで　真っ青なって死んだど思ってだの　病院に運ばれたば　少し呼吸するよになって　それ

は助かって今も元気でいるのです　姉っちゃの方は亡ぐなったですども　ガーゼを　お腹に詰めだみだいにして「水飲みだい」とかって　そして「だめだ　私だめだ」って　あど　一人で火葬されだんです　お骨入れる箱さ入って帰ってきたんです

実家がら十五日に帰ってきたら　弟がた二人は即死で西船寺に運ばれであった　母親は怪我で病院に入って一週間位　生ぎであったども　当時は薬など無くて傷口にウジたがってあった　目落とす前に　しゃっくり止まらなくて苦しんで　看護婦さんが注射するっていったらその時はもうだめであったぉんな

道を曲がって行ったら何かにつまずいて　どんと倒れた　何かモチャモチャするところに倒れたが　それは死んだ馬だった　地下足袋拾ったら足首入ってたり　前の日まで一緒に遊んでだ同級生の首が爆弾でもがれて　ポンと高いところにあったりしました

飛行機の進路入口　新城町方面の森は燃えてた　爆弾の落ちたとこには赤ちゃん負ぶった母さんが死んでいた　持ってた袋には「ふだらくっこ」と質札一枚　息子は蚊帳で木に体をぐるぐる巻きつけて　眼《まなぐ》開いて立って死んでました

臨海鉄道の線路に死体が並び　生きている人足の無い人　手をもがれだ人が泣き叫んでいた民間人も兵隊も　二百メートルくらい　線路の枕木よりももっと多く並んで転がってました

脳みそ垂れでる人　手足もがれだ人　息絶えた子供を抱いたお母さん　先生も看護の私も何とも

できない
　敵機が去ったのは明け方　カラスがエサ取りに
行くように　カラスなら子供育てるためのエサ取
り　敵機は悠々とした後ろ姿で飛んでいく　石ぶ
つけることもできないし泣きながら病院へ帰りま
した

＊土崎　秋田県の土崎は、一九四五年八月十四日夜から十五日未明に爆撃を受けた。大阪、小田原、熊谷、伊勢崎、岩国、光と共に日本最後の空襲であった

証言

十五日　午前三時三十分まで第二波の空襲
絶え間なくB29が空を覆いました
「そら　逃げれ」
爆弾の落ちる合間をかいくぐって
浜から松林の方へ農道づたいに走ります
あっ　何人か人影が消えました
道の途中　光沼に落ちたのです

すっかり夜が明けてみると
水面から手だけ　にょっきり出ています
その数二十人
いつもは水面の葦吹く風しずかな光沼
その日は燃え盛る火を真っ赤に映して
地獄の光沼でした

＊

ピカッと光って
ガァンと全身をたたく破裂音
熱風のかたまりが顔をおそう
髪が熱い　むせかえる

夢中になって逃げました
どのくらい走ったでしょう
我にかえると
べっとりと　なまあたたかい背中
おぶった　わ　が　子　の
首がありませんでした

*

羽崎さんの六ケ月の児は
ショックで水も飲めなくなり
亡くなりました
丹後谷さんの背中には　今も
爆弾の破片が入っています
冷える日には痛みます
小学六年生だった岩間久平君も
破片をわきの下に受けました
「水飲みでなぁ
先生はこのぐれぇ血が出れば
死ぬって言ってだがら
おら　もうだめだ」
そのあと久平君は
母さんの方に手をのばしながら
亡くなりました

第一波から第二波
――土崎警防団副団長 越中谷太郎さんの話

警戒警報なしに空襲警報　それと同時に土崎港南防波堤の突端に照明弾が落とされました　十時二十五分から三十分の間でしたな　そして日石の正門の傍にある事務所に第一弾が落ちました　政

本勤労課長とヒゲの五味川守衛長が亡くなりました　後で壕から死体が出てきた時には　ヒゲで五味川さんだとわかったんですね
　すぐに　警防団の手元にあったポンプ車四台のうち二台に出動命令を出しました　ポンプ車はその外に高清水の壕の中に二台　それから東京の警視庁消防から配置転換されて二台あったんですが　出動を待機させました　その時指揮を執っていたのは藤井雄治本部長でした
　私は土崎警防団の副団長として本部に残って次の態勢に備えていました　南東の方角から飛行機の爆音が聞こえてきました　第一波から約四十分　第二波はまさに波状攻撃でした　飛行機の爆音とともにサアーッという落下音がするんですそれからトタン屋根に霰が当たるようなガガガガーッという音　さらにダダダダアーッと繰り返す絨毯爆撃　それが日石の製油所に正確に当たるんですな
　そうこうしているうちに今度は港湾地帯に爆弾が落ちたんです　私は警防団本部から飛び出して現地にもっと近寄ろうと思い古河町から港の岸壁の方へ行ったんです　至近弾が周囲に落ちる　爆発する時には鉄兜をかぶって伏せるんですが　その爆風はハアーッと激しく息が内に吸い込まれそうな強烈なものでした
　伏せながら　こんなことも思い出しました——日石製油所と港湾との間に　光沼から出てくる黒川があり　県の水産試験場があって　ここに場塔司令部という土崎港に入ってくる海洋筏の材木を管理する所があったのです　この司令部は佐藤という大尉の方が隊長で　その下に藤少尉が居ました　この若い少尉に私や警察署長が　よく呼びつけられては「警防団は軍に協力が足りない」とか「昼に空襲を受けた時には　岸壁で青松葉を焚い

て発煙筒の代わりにしてくれ」などと言われました　私どもは「風はいつも同じ方角から吹くとも限らないし　青松葉を煙にして防がなきゃならない状態で戦争ができるのか」というようなことをつぶやく　すると少尉は「なにを生意気な！　軍法会議にかけてやる」なんてどなるから「町を守るのは我々警防団であってそういったことは軍がやるべきだと思う」と言いました「それなら松葉集めに協力してくれ」「だったら義勇戦闘隊の方でお手伝いしましょう」という　そんなやりとりがありました

松葉集めがこの八月十四日に役に立ったのかどうか分かりませんが　佐藤大尉も藤少尉も防空壕に直撃弾を受けてその中で爆死してしまいました

日石社員たちの話（一）

小野　布団を敷いて蚊帳をつって　うとうとしたら警戒警報　非常呼集のベルを鳴らしてすぐ第一回目の爆撃　爆弾だという実感より逃げるのが精いっぱいでした

山形　なんとか家に逃げ帰って　翌日から死体運びでした　木村政治さん　あの人は本当に黒焦げでした　役所の方から木村さん見当たらないということで会社の方に問い合わせあって　木村さんのどっかに傷あると工藤さんの奥さんの言うことで木村さんとわかりました　一週間ぐらいたっていたので　もう臭くて

川口さんだすな　あの人は腰のポケットに印鑑がありました　そのほかにも　首が飛んで分からなかった死体が一週間ぐらいあったんすよね

奈良　わたしは家に寝であった　会社が燃えでるってわげで駆け付けたがタンクが燃えでいで入られね　浜の方の引き込み線の汽車道に回った　そこから入って風呂場の方に行ったら十七連隊の兵隊さんたちが負傷者を運んでる　手伝ってくれというので　おぶったり　抱いたりして十四　五人もトラックに載せだがな　組合病院さ一旦おいて　また会社に行っては運び　また病院さ行ったらここは危ねえっていうんで今の南小学校に運んだ

前田キヨです　私たちは社宅にいました　一回目がドーンときて　家がガラガラっとかしがったんだすもの　松林の方さ逃げました　ぶっ続けで一晩　子供ら四人と布団かぶっていました　夜明けて　飯島の知り合いの庭さ　ムシロしいてもらって子供たち預けました　そして　お父さん方どご見ながったがって聞いて回りました　砂山あたりに行ったらムシロに包まれた人が来ました　保坂さんでした　穀丁《こくちょう》の田んぼあたりを　保坂さんと父さんと三治郎さんと三人で走ってるうち　飛行機がぐーっと近づいて来て　保坂さんがやられ父さんは直撃でいなくなった　三治郎さんは爆風受げだが助かった　父さんを探しに行ったら手が片っ方だけ残った人があった　顔も何も無くなってだけど　片手に子供に着せた着物にぎってたんで　父さんだと分かりました

日石社員たちの話（二）

越後谷　わたし日石の守衛です　守衛所の責任者は五味川さんって人であって　その人と交代しました　時計見たら十時十四分か十五分だったども秋田県地方　空襲警報発令というのが入った

あの時の所長は　桑原という陸軍将校で空襲受けたらどうせい　こうせいとちゃんと指示してあり　それに従って　堀谷新一と木村政治と私と三人おったわけですが　政本課長さ教えてこいということ　そいから防空カーテン閉めてこいっていう

玄関のドア開け　百燭光の球二つのうち一つを消したとき　ガーンとからだ飛ばされて　ぶつかって　はねかえった　どのぐらいたったが　わがんながったけど　ハアーやられたなーど思った　だども　手も何でもねえし　ほっとして逃げようどした　ところが事務所の逃げ口がくわって（閉ざされて）出て行がれながったわげです　これだば死んでしまうと思って　体当たりしてドア開げで出ました　そしたらすぐ傍で木村政治が建物の下になって腰から下が動げね　手ふって助けでけれってやってるわげです　一発　大きな爆弾らしくて　新しかった二階建ての事務所　隣の建物　向かいの二棟がやられたようです

木村どごおぶって　そごを出て医者さ連れで行ぐと思って行ったら誰かがいる　電気の当直の高山と小川吉之助と二人立ってる　すると　新屋の方から飛行機の音がする　私らは藪の中さ突っ込みました　確かその時　照明弾を三発落としていったはずです

あど二百メートルぐれえすれば国道さ出るところ「どーしたぁ」ってすごい声で叫んだ人がいる　桑原所長で　自転車で来ていた　報告して町さ出て　草薙って小せえお医者があって　看護婦さん四人ばがり居だがら　頼むって言ったら　いや組合病院さ行ってください　と

まだ　かなり遠いんだす　重たい　信用金庫のとごさ若い人いで　戸板貸してけれと頼んでその若い人と病院さ運んで行った　木村の家さ着替え

とりに行っても誰もいね　石田千代松さんの家の附近から火が見える　ああ町もやられたな　顕性寺のある高いところまでまるっきり火な訳です

そうしてるうち負傷者を乗せたトラック来て　今の土崎南小学校さ移動するのを手伝って　満杯であどは入らねっていうぐらい乗せできた

その後　爆撃の二段目か三段目に　あど空襲こねえーっていうなで　応援に行った人が非常に怪我したわけです

まず今の国道さ行く道と　土崎から日石さ真っ直ぐ入る道と　浜の道と　逃げ道の道路を全部爆弾で閉ざされたわけです　その中にいた人ががたいがいやられたわけです　港湾事務所の人も　日石と関係ない人も

いま思えばうまいどこ狙って落とすもんだすなぁ

二人の女学生が語る

十六歳　高等女学校の三年生でした　十四日の夜は家に居りまして一発　照明弾が落ちた時は私と両親は押入れに入りました　父が避難だ　ということで支度してたら二発目　うろたえて愛宕神社に避難したんです　こごさ伏せでろって　布団かぶって伏せてました

飛行機が飛んできて爆撃　雨のようなものが降って来てそれは　日石製油所の油だったんですね　分団長がここはあぶねえって　寺内の山の方に逃げだの　私たちの新城町は浜の方に防空壕掘ってたんだけど　浜の日石方面がやられだがらあわてて山の方に逃げて　それで私たちは助かったようなものです

夜が明けて担架に載せて人を運びました　負傷

者を置げばまた戻って次の人運びながら人が爆風で飛ばされていくの見だ　不発弾が破裂するの飛行機もいなくなってがら土の中に刺さってだのがボンボンって　岩間さんのレイ子ちゃんなど助かったけど爆風で飛ばされ　かあちゃん　っていう声　まだ耳に残っています　女学校の校庭に負傷者を運んだけど　あど置くどごないもんだがら　今度はいまの組合病院の方さ運べって言われ　日石に居だ兵隊さんがたも運ばれて来ました　頭から脳ミソ出てて　あのー水　水って言うの　欠けた茶碗で飲ませましたが　あと亡くなったど思います　習ってだ三角巾の救急処置などやる暇が無いもんだった　とにかく運べ運べって逃げでた時は　ああ死ぬんでないがと恐ろしかったけど救護活動になったら恐怖心など無ぐなって　爆風で飛ばされていくのを見でも恐ろしいとも何とも思わない……　救護班っていうげど死んだ人を運ぶのが多かったですね　担架で運ぶのは　重がったなあ　重くてなあ　ほんと　まずシャベルで　手なんか足なんか出たりしてるのはみんな夢中になって掘り返して担架に入れて運んだ　そういう作業が終わって　家に帰ったら　玉音放送あるがらってラジオの前にみんな畏まって座ってああ負げだんだなって父親が言ったがらああ負げだなと思ってまず泣いだな　ただ泣いだ　勝つど思ってだがら　一生懸命　学校ばかりでなく町内でも爆弾落ちればそれに水かける訓練で　赤い布袋に砂を入れたものをポーンと投げて　そこに夢中になって　みんなバケツリレーで水かげでやったもんだがらね　それさ　竹やりで昔の炭俵ぶら下げて突いたもんだねぇ　女学校の教科にはナギナタがあったが　竹やりで突げってというわけであまり抵抗なくやりましたけんど

いま思えばな　ムダなことしたもんだなあ

稲葉医師のはなし

十四日の晩方　藤田渓山さんから　無条件降伏したからって電話をもらったんで安心して寝たのよ　そしたら　ドーンときた　第二波まで二十分位あったね　土崎女学校の庭に逃げた　爆弾が落ちて来る　夕立の音みたいにザーッ　シュシュシュシュって　その後ドンドンドンドンドンドンドンって音　けが人が運ばれて来る　化膿しても膿が出るように荒く縫って包帯する　田んぼの方に逃げたのはやられた　十メートル位の穴が開く　直撃受けなくとも破傷風危ないなあと思った　向こうに高射砲があって打ったんだね　それを狙ってやって来た　トラックで運ばれて来るのもいる　傷口は破片の入口は小さいんだが貫通して出たあとはパアッと開いてる　腸が出たりねぇ　いじくりまわしてもいけねえから　ほとんど縫う事も出来ない　痛み止めと強心剤　死ぬのは分かるもんなあ

爆弾の穴

うちの田んぼさも　爆弾二つ落ちだす　落ぢだ穴埋めなげれば　田にならねえがら　あとで冬に雪の上を馬そり使ってその穴埋めだ　三十台分埋めでもだめだ　もう十台分足してやっと元の田んぼになった　結局穴一つさ六尺立方が四つ入ったどいうごどだ

一番大きがった被害は船木金蔵さんだな　四反歩の田さ穴の数で十八か　二十位あった　とても自分の力で埋めるごど出来ねもんだす　親戚に土木業者おって　トロッコかげでもらって埋めだす

＊　八月十四日の二十二時三十分頃から十五日の二時二十分まで、B29一三二機により一万二千発余の爆弾が落とされた

逃げる

焼夷弾や爆弾が来た場合は　こういうふうにして
火消せっていうんで　毎日防火訓練あったもんだ
す　参加しねえ人方《ひとがた》は　非国民だってそしられだ
わけだ　ムシロば持って行って焼夷弾にこういう
ふうにしてかげれ　バケツで水こんなふうにかげ
れとが　訓練は非常に激しかったんだ　とごろが
東京だの大阪だので爆撃受けで疎開してきた人は
おめえ方　そんな事したっていげねえ　そんな事
で火消せるもんでねえ　だからまず逃げれ　逃げ
るのが一番って　それ聞いで　指導員方は又非国
民扱いするんだ　白石あだりの社宅の人方で死ん
だのは逃げねえで防空壕さ入ってだ人方だす　逃
げだ人は助かった　最初の爆弾落ちだ時に逃げで
来た高射砲陣地の兵隊さんが　みな助かったんだ
す

大野さんの奥さん

雨みでぇなの降って来た　やられた日石の油が
な　蒲団かぶってアカシアの木の間を護国神社の
ある高清水の方さ逃げました
兵隊さんがた　たくさん二十人がら居で　高射
機関砲一門あったのにただ黙って見でるんだも
の　へば　おらもどかしくてよ　「あいー　兵隊
さんがた　一発も撃だねなだが?」「撃てばこご
さ落とされるがら　かあさん　あんだがたみんな

死ぬなだよ」って
　家さ帰ってみだら　私の家には爆弾が二つ落ちた　道路側に一つ　みんなで三つ　隣の佐藤さんのとうさん　金次郎さんもその爆風で死んだんだ　家は飛んで無ぐなってるんだもの　造船所さ行ぐ方　加賀谷さんのとこ　大橋さん　夏井さんの所　竹内さんのとごも死んでるんだ　二十発できかねえがも知れねえ
　爆弾で亡くなった人がたは　わらじはいでだ人は　わらじをそのままはいで　子どもをおんぶしてる人は　おんぶしたそのままに　亡くなった人はトラックに山のように積まれて　焼き場さ連れて行かれたんだすよ　それで金光寺でその人がたの霊を慰める供養をしてきました　祓っていただいて　みんなナンマイダ　ナンマイダって　川さ流してお供えしたもの流して　霊が浮かぶように私がた　毎年やってるんだものねえ

ある兵隊さん

十九年の九月五日に秋田の部隊に入りました
二十年の八月十四日の朝に土崎製油所に警備を兼ねて作業に行けと言われました
ドラム缶に入った松根油か何か移動する作業をしました
その晩は脚絆と軍服を着たまま食堂のような大きい部屋でテーブルを寝台代わりに寝ました
休んだ後、最初の空襲警報が鳴りました
爆音は聞こえないんですが何か来たなっていうような勘がして　そのうちシャーッていう風を切るような音　その初弾が窓の外のテニスコートに落ちて爆弾の破片が飛んできて一緒に寝てた何人かがやられました
私はその時は意識は失っていないし痛いという

ことも感じなかったけれど　腕のあたりが砕けてたんですね　破片が胸の方にも入っていたんです　止血してもらって何人かで退避しました
　初弾がダーンときたけど　続いてはこなかったんです　我々は助け合いながら製油所の外に出ました　後で聞くと　消火作業をやろうと入って来た人たちが第二弾第三弾にやられたそうです　初弾でやられた人　能代の人で　死体も何もなくてハンコがポロリと一つあったそうです　姿が全然なかった
　私は　被弾してから町の病院の外に置かれ　出血は多量だが意識はあって　何かぬるぬるした生臭いにおいがしました　爆撃は激しくなって製油所の燃える炎も大きくなり狙いの外れたのが近くに落ちてきたりしました
　ここも危ないということで　今度は土崎の女学校の庭まで運ばれました　校舎でなくて　こう大きな松の木の下に寝かされていたように思います
　看病でそばに付き添う人も無くて　そのうち男の先生が来て兵隊さんどうしたと聞くんです　水飲ましてくれって言ったら　今水飲んだらだめだ　と飲ましてくれねえ　後で分かったんだが実はその奥さんが私の先生だった　ずっと離れた森岳に師範学校卒業して赴任して来てた　ほんとに不思議なものであれから今まで三十年以上もおつきあいしています
　それから秋田の陸軍病院に運ばれて今は二ツ井にいる荒谷先生が私を担当してくれました
　二の腕の真ん中から切りました　腕は三月ほどで傷はふさがりました　それよりもその時は　体に入った破片が致命傷になりかねない　ガス壊疽《えそ》の危険があるということで手術をやってもらいました
　胸の破片が斜めに刺さっていて鳩の卵ほどのが

一つ　もう一つ腸に刺さりかけたのが一つ　汚れもあったらしく　これは八か月くらいかかりました　出血多量でA型の輸血をしました
終戦ということも教えてもらえなくて　見舞いに来てくれた人から聞きました
見舞いに来た上官に　すいません　銃と剣をなくしてと謝りました　緊張しながら　ほんとに人間教育ってものは恐ろしいもんですね　自分が手を一本なくして　何言ってんだと後で自分でも思いましたよ
私の部隊は補充兵で　皆ばらばらに動きも激しくて　北支とかフィリピンに行って死んでいます　こうして生きてるのは　まだいいのかな

被弾柱

爆弾で家はぺちゃんこ
だども疵　受げだ柱は
残しておぐ
ずっと子々孫々まで
家は復旧したども
あしたの為に
心の記念にな

土崎　石田千代松さんの話から

叫ばなければ

ゆるく　ただよう　波は

意識の　現在を　かすめて
虚空へ　とびさる

ゆっくりと　雨雲を　突きぬけ
なつかしさだけを　求めるなら
過去は　ただ　思い出の香り

行かねばならぬ
真っ赤な夕焼け
すさまじい火花
に　近づけばいい

そして
ゆっくり叫ぼう
今こそその時なのだ

世紀をこえてあれから七十一年

解説

詩集『土になり水になり』序文

中村不二夫

一九九〇年代に入り、東西ドイツの統一、ソビエト連邦の崩壊など、それまでのイデオロギー対立の緊張が和らぎ、世界全体の体制秩序は新たな発展段階に入りつつあった。その中で、文学全般の研究主題はポストモダン思想を介し、ガルシア・マルケス、村上春樹など、大きな物語（中央）から小さな物語（周縁）に移りつつあった。時期を同じくして、石原武氏が『遠いうた　マイノリティの詩学』（詩画工房・二〇〇〇年）のまえがきの中で、つぎのように述べている。

詩においてはなおのこと、世界の詩であろうとすれば、一層地方的でなければならない。シェークスピアが私らと同時代的に世界に生きえているのは、かれの詩や劇が、イギリスという片田舎で人間の泥臭い悲喜劇を度肝を抜くスケールで演じきっているからであろう。ボードレールのパリも、リルケのドゥイノも、芭蕉の奥の細道も、サンドバーグのシカゴも、それぞれ見事に地方的であるゆえに、私らは、かれらの詩を世界として経験することができる。

石原武氏は専門の英米文学を脱構築し、アメリカ黒人の詩、ネイティブ・ハワイアンの詩、アメリカインディアンの詩、オーストラリア原住民の詩など、マイノリティの詩を採集するが、これはわれわれ詩人に地域の自立を促す契機となった。ある意味、佐々木久春氏の詩界へのアクチュアルな登場は、ここで石原氏が語っている地方的というキーワードに協働し、冷戦集結後の社会情勢の変容にも合致する。

佐々木久春氏は専門の日本近世劇文学研究の成果として、『近松文芸の研究』（和泉書院・一九九九年）という労作がある。この一巻は近松文学解読の不朽の名著として、後世に語り継がれていくにちがいない。佐々木氏の仕事は近世を軸に、現代の文学前線へと波状的に広がっていくのである。ここから、佐々木氏の学際的という言葉では収まり切れない仕事の一端をみていきたい。

まず佐々木氏には、世界現代詩文庫『現代中国詩集』（土曜美術社出版販売・一九九〇年）の編・訳、訳詩集『舒婷・始祖鳥』（一九九四年）、『傅天琳・結束与誕生』（一九九七年）という中国詩翻訳・紹介の仕事があり、それを踏まえて、九〇年代半ば以降の詩誌「地球」のアジア詩人会議を牽引し、私は第八回の西安・敦煌（二〇〇二年）、第九回のウルムチ・カシュガル（二〇〇四年）に帯同させていただいた。とくに、ウルムチで開催されたアジア詩人会議は、ノーベル文学賞候補の伊沙氏などの参加に加え、新疆ウィグル自治区の詩人たちが多数参加するなど、現在の政治状況では考えられない空前絶後のイベント交流だった。佐々木氏は秋谷豊代表を陰から支え、これらウィグル自治区の詩人たちの招聘に孤軍奮闘されていた。さらに二〇〇六年十二月、日本詩人クラブ法人化記念国際交流として、これも佐々木氏の仲立ちで中国から沈奇、楊克両氏を招いた。佐々木氏の通訳・解説で、われわれは中国現代詩の現状を学ぶ貴重な機会を与えられた。佐々木氏が中国詩を学んだのは北京大学の謝冕教授で、天安門事件以降の中国詩事情に詳しい人物だった。そこから佐々木氏は、日本の詩界に中国最前線の詩を翻訳・紹介し、現在に至っている。

その後、両国政治家たちの無為無策で、日中関係は間断なく冷え込み、一方で中国国内、ウィグル自治区の民主化暴動は日常化している。日本政府は集団的自衛権の閣議決定などでアジア諸国を刺激しているが、こうした、現状をみるにつけ、佐々木氏の落胆が思いやられて仕方ない。だが、佐々木氏が蒔いた日中友好の種は、中国に限らず、二〇一二年、氏と共に訪ねた詩聖タゴールの地・インドも含め、アジア圏を中心に枯らせてはならない。

佐々木氏の類まれな集中力は、学際的という範疇に収まりきれないミラクル・パワーを秘めている。それは良い意味で、佐々木氏の中で江戸文学は江戸文学、中国詩は中国詩と線を引き区分されていることに拠ることも大きいのかもしれない。たとえば日常会話で、だれも佐々木氏から江戸文学の話は聞いたことがないし、中国の詩的状況についても、こちらが質問をしなければ話題にものぼってこない。有り余る知識をひけらかしたり、しゃしゃり出て言挙げしたりするということが全くないのだ。いわば佐々木氏はなんの邪心もなく詩界の黒子に徹しようとしている。ここで佐々木氏の秘めた一面を白日のもとにさらすのは、いささか気がひけてしまうのだが、その控え目で折り目正しい生き方こそ、われわれ日本人のだれもが模倣し、継承すべき姿勢といってよいのではないか。

さらに、佐々木久春氏には教員生活の端緒となった土地、土崎空襲の語り部としての社会的側面が加わる。終戦前夜、アメリカ空爆撃が無抵抗の土崎市民を襲うが、佐々木氏は教育者として、二度と教え子を戦場には送るまいとの強い信念のもと、この悲惨極まる暴挙の検証と再発防止に力を尽くしている。二〇一四年、日本は憲法九条があるから、戦争はできないという建前が怪しくなりつつある。それだけに、こうした佐々木氏たちの堅実な平和運動がどれだけ戦争の防波堤となることか。ここまで佐々木氏の仕事を紹介するだけで、与えられた枚数がほぼ尽きてしまった
佐々木久春氏の前詩集『羽州朔方』は、ポストモダン思想を体現したかのように、勤務地の秋田からアジア世界を見据えたものとして刺激的だった。日本文化の悪しき慣習として、中央の情報機関を通さないと、全国に当該著作物が普及しにくい歪な傾向がある。佐々木氏の文学的営みの核にあるのは、各地域がそれぞれ地域的主権を手にし、秋田から直接アジアの真実を透視しようとする既成概念の打破である。

その土着的姿勢は新詩集『土になり水になり』にも引

き継がれる。とくに大震災後、原発事故を起こした福島の復興は遅々として進まず、一方で無神経に全国各地の原発が再稼働されようとしている。佐々木氏は、大震災後の原発事故で、もはや人間の欲望が原罪化し、既成の宗教や哲学の力では矯正ができない現代文明の限界を知ってしまう。佐々木氏は、この詩集で大震災後の問題解決を、これまでの知性偏重から切り離し、だれもが無心になって、自然界の森羅万象の動態に身を委ねることの不可欠さを示唆する。そういう観点から、この詩集をみていくと、戦後ジャーナリズムを席巻し、今も尚民主主義の金科玉条の理念となっている正義も人権の話も出てこないのがよい。これは大震災後、新しい詩の方向を見据えたものとして注目してよい。

私が大地になり大海になり
なお水を求めるなら

私が北の山に行き
ひと本のシオデとなって
花から黒い実となるなら
私はもう何も恐れない

（「土になり水になり」一、二連）

佐々木久春氏の詩は、原発の安全神話崩壊というニヒリズムを飲み込み、そのことばは土や水の神秘に同化し、そこから微かに立ち上ってくる言霊を丁寧に拾う。ここで佐々木氏が訴えているのは、かつてタゴールが現代文明に警鐘を鳴らしたように、一木一草の自然界に魂が宿るという祈りの姿勢である。佐々木氏が「土になり水になり」といったとき、それは現実世界で何も行動を起こさない後ろ向きの諦観ではない。かつて世界はタゴールの主張に背き、人類史上最悪の世界戦争に入ってしまった。いかなる理由があろうとも、もう二度と戦争を繰り返してはならない。佐々木氏は「白神　十和田／小阿仁川　小猿部川　犀川　米代川／恵み溢れる／その秋田に住んでいるのに／文明と失敗で／わたしたちも燻されています／向こうも見えず／何かがこみ上げる」（「文明に首をかしげて」二連）と書いているが、そのことを踏まえ、もういちどわれわれは虚心坦懐になって、これからの生活の来し方行く末を見直すべきではないか。詩集『土になり水になり』には、この時代に生きた詩人研究者が、ありったけの心をさらけ出し、すべて思いの丈を語った後世への珠玉のことばの輝きがある。

詩集『土になり水になり』（二〇一四年）序文

神話的時間と超越

中村不二夫

1

佐々木久春は、大学の教育者、さらに日中詩人友好の架け橋、そして太平洋戦争最後の空襲である土崎空襲の語り部として、深く幅広い活動の足跡を残しており、知る人ぞ知るという存在である。この解説が屋上屋を架すことにならないか、気になるところであるが、新詩集『無窮動』について、初めの読者の声としてここに記したい。

佐々木はこの詩集で、これまでの『羽州朔方』『土になり水になり』の自然観を継承し、神話的時間の言語化を不動のものにしたのではないだろうか。詩人であれば、そうした言語世界の獲得はだれもが願うものだが、そうやすやすとそれが日常的に手に入るものでもない。目の前には、経済活動という魔の手が忍び寄り、現代人の心を蝕み、だれもがそんな神話的な超越性に浸っている余裕などない。机の前で、ただそのような時間に浸っていれば、人から無気力な夢遊病者と名指しされかねない。現在の詩人を取り巻く社会的状況は、四方八方、世俗的秩序の脅威にさらされ、心あるものでさえ偽りの仮面を被って、なんとか危機的状況をすり抜けていくしかないといったところかもしれない。

かつてエコノミック・アニマルと名指しされたころは、それでも当該対象者の顔（元凶・病根）が即座に浮かんだものだが、現在のプラグマチズム信仰は官僚から教育者、法曹、医師までも含む日本人全体を覆う慢性的疾患といってよく、だれかれと特定できない。まるで戦前の国家総動員法が国家経済活動促進法と名前を変えて、日本人全体を物質欲でマインド・コントロールしているかのようにみえる。これについて、最近の映画、是枝裕和監督の「万引き家族」がその社会的現実を的確に風刺している。この映画はカンヌ国際映画祭最高賞のパルム・ドールを受賞し、二〇一八年度最大のヒット作となっている。佐々木の詩集も、是枝作品とはちがった、穏やかな主張の仕方ではあるが、現在の物質文明を生きる日本人に、「このまま生きていってよいのか」と問題提起しているといえる。

ところで佐々木の専門は近松浄瑠璃文学で、その集大成として『近松文芸の研究』（一九九九年・和泉書院）がある。聞くところによれば、高校生のときすでに佐々木はオリジナルの脚本を書き、文化祭でクラスメートたちに演じさせていたというから、この進路選択には納得が行く。しかし、佐々木は何を思ってか、近松の先に辿り着いたのは、およそ江戸文学とは無縁の不可能性の文学、すなわち言語前衛を標榜する現代詩の世界であった。この場合、江戸を起点に、いったん記紀神話に遡行し、そこから現代詩の先端で言語を神話化したということであれば格別の驚きはない。それは学者にありがちな知的作業の想像の範囲のものとして、とりわけ佐々木の能力をもってすればさほど難しいことではなかったろう。しかし、佐々木は現代詩というやっかいな土壌を介し、そこに知力のすべてを結集させ、得体のしれない現代文明に対峙していったのである。

私は佐々木について、中国詩の翻訳や、国際交流での活動は目にするが、身近で専門の近松浄瑠璃論について聞いたことがない。東北の詩人や中国詩の講演はよくするが、近松についてはどうなのか。ぜひ一度佐々木の近松浄瑠璃の話を拝聴してみたいものである。おそらく、一般聴衆も近松には歌舞伎や文楽で親しんでいるし、だれもが聞いてみたいと思っているはずである。ところが佐々木の講演活動といえば、中国詩や東北詩人に関係するものが目立つばかりなのである。なぜこんなことを書くのかといえば、そこに詩人佐々木久春のマイノリティ的な姿勢価値がみえてくるからである。ある意味、詩人でいえば、世代が近い英米文学者の石原武（一九三〇―二〇一八）、中国詩研究の秋吉久紀夫にも共通するが、いずれも専門の枠を大きく逸脱し、中心より周縁へと活動の場を転換し、ある種の権威から落ちこぼれたものを丹念に拾い集めようとしている姿勢が見える。彼らに共通する詩人像は、ある種のジャンルを専門化した権威的な学者像ではなく、あくまで、市井に無名で生きるヒューマンな個の立場を堅持している人間像である。いうまでもなく、佐々木の場合の専門は近松を軸とした江戸文学であるのだが、それがだれも予想できない、周縁の中国詩、秋田風土詩へと拡充していった陰には、このような立場や姿勢が隠れている。こうした佐々木たちのスタンスを、専門分野からの超越というキーワードで読み解くことができよう。そして、こうした超越という行為によって佐々木の神話的な世界が確立していくことになる。

よく詩人は見えないもの、実用言語で説明できないものを表現するというのが、ほぼ世界共通の文学史的な認識になっている。詩は広辞苑的な意味解釈に抗い、未意味、非意味などの超越的言語によって作られていく言語世界で、詩は分析説明した瞬間、残念ながらその言語的使命を終えてしまう。よって、こうして解説を書いていること自体、矛盾する行為に他ならず、本解説文は佐々木の詩のガイダンスとしてではなく、人間佐々木久春への関心と興味によって書いていることをお断りしておきたい。

未意味や非意味、そうした現代詩の言語的特性は、何を書いても許されるという勘違いにつながり、なんの内実もなく記号化し、一般読者を難解な方向に導いていってしまう傾向がある。詩の言葉は意味解釈が難しいというひとつの括りはあっても、中身が空洞か否かのちがいは慎重に見抜かなければならない。中には、もう詩は言語遊戯であってよいと開き直る詩人もいて、そうなるとそこには生きて生の感情を吐露することすら無用のものにみえてくる。こうした現代詩の病は、佐々木とて無縁ではなかったろうが、それを乗り超えた佐々木の詩は、まるで太い幹が年輪を重ねていくように言葉を生む。

それでは、もうひとつの佐々木の現実的な超越、秋田という文学的風土について触れてみたい。仙台出身の佐々木が、どうして同じ東北の秋田に精神を委ねてしまったのか。経歴によれば、佐々木は一九三四年（昭和九）に仙台で生まれ、東北大学文学部、大学院博士課程を経て、一九六四年（昭和三十九）に秋田高専講師、一九六九年（昭和四十四）、秋田大学に赴任、教授を経て現在は同校の名誉教授。これをみると、そのまま東北大学や別の大学への赴任となれば、ちがった学者人生を歩んでいたかもしれない。どこかの時点で、たとえ同じ東北の秋田に住んでいたとしても、佐々木に仙台への帰郷という精神的な選択肢はなかったのか。仙台には詩壇に「藤晩時代」という一時代を築いた『若菜集』の島崎藤村、『天地有情』の土井晩翠という近代詩の二大巨匠がいる。絵画で言えば東の横山大観、西の竹内栖鳳が仙台に集結しているようなもので、なぜ佐々木はそこに関心を払わずにきているのか。秋田の自然遺産が素晴らしいものであったとか、そこで暮らす人たちの人間性に触れてのものか、土崎空襲への関心の強さからなのか。佐々木は三十歳まで居住した仙台から、なんらかの風土的影響も受けなかったのだろうか。仙台は佐々木に詩人的霊感をもたらさず、秋田で詩的精神が覚醒していったということなのか。そうすると、秋田という風土が詩人佐々木久春を涵養したことになるが、おそらく事の真相はそんなに単純なことではない。

たとえば、日本人は集まれば「故郷」という唄を好んで歌うが、そこでの対象エリアは生まれ故郷である。よって、この唄には故郷に錦を飾るの意味も込められている。ＩＴ社会にあっても、ふるさと創生の運動が盛んであるし、全国に著名詩人の名前を記した詩集賞や文学館も多い。佐々木が仙台を離れ、秋田に骨を埋める覚悟をしたと仮定しても、佐々木の捉えるそれは、ある意味、私には通常の郷土愛とは半ば乖離しているようにみえる。佐々木においては、何らかの中央的な権威を超越するかのように、ひとつの生活思想のあり方として秋田という風土が選ばれているのではないか。

以前、「詩と思想」二〇一三年九月号で「東北の詩と詩人たち」を企画編集し、佐々木の他、東北ゆかりの詩人たち、北畑光男、前原正治とともに座談会を設けたことがある。その中で、佐々木は秋田藩について、幕藩体制に加わるよう説得にきた仙台藩士二十一人を切り捨てたという逸話を語っている。また、東北全体に相対化された秋田詩人の気質について、「中央志向反体制型」であると分析しているが、その発言を踏まえてみると、佐々木は無条件で秋田の風土に同化しているわけではない。佐々木が秋田を拠点に、フリーなスタンスで、だれよりも詳しく秋田の文学、歴史、文化、風土に探求していることの意味内容には深いものがある。

佐々木は秋田人気質の「中央志向反体制型」を、さらに「県外進出型」「地元回帰型」に分類している。それに関連し、佐々木は「秋田県の生んだ人々」（『秋田県の歴史と風土』一九八四年・創土社）で、「県外進出型」四十六人、「地元回帰型」二十八人について詳細に辿っている。三十歳で仙台から秋田に移住した佐々木にとって、それは「中央志向反体制型」でもなく、「県外進出型」、「地元回帰型」でもない、あくまでエトランゼのような感覚ではなかったか。それゆえ、佐々木においては、既成の枠に収まらず、秋田という文化風土を客観的に伝えることを可能たらしめている。佐々木は、『秋田信用金庫創業百周年記念誌』（二〇一一年）の一章の執筆に「燦杉讃　秋田」と命名し、のちにこれを写真家小松ひとみと組んで私家版として出版。また土崎生まれのプロレタリア詩人、今野賢三についてまとめた、『花塵録「種蒔く人」今野賢三青春日記』（一九八二年・無明舎出版）も郷土の貴重な文献資料となっている。このように佐々木は献身的な活動で、秋田という風土に対峙するが、それらを突き動かしているのは、郷土誌研究者や地方詩史執筆者にはない部類のボランティア精神ではないのか。佐々木は秋田の風土を明快に分類したが、自身はどのカテゴリーにも入らない「異邦人型」といってよいかもしれない。

2

佐々木の詩集について、あまりに前置きが冗舌すぎてしまった。詩は名状しがたいものを書くのが使命で、本来そこに詳しい鑑賞と解説はいらない。読んだ人の感想がすべての価値基準である。知的というと、頭でっかちと揶揄されたりするが、そうとばかりとはいえない。たとえば、秋田の横手に在住した山村暮鳥を例に出せば、初期の難解で知的な詩風から、最後の『雲』に至っては小学生の書くような平易なものになっている。そうすると、人間の知性とは蓄積するものではなく、時間をかけて習得した知識や情報について、最後は自らの身体からどんどん捨象していくものではないのか。おそらく、暮鳥は牧師でもあったから、新・旧約聖書すべて暗記していたはずであるが、それらの知識教養はすべて『雲』の前に跡形もなく消え去ってしまっている。しかし、一方で暮鳥は鋭い感性で、人間社会の本質を見抜いており、『鉄の靴』という童話で、世界の恒久平和を必死に訴えるなど、つねに事象の変化をみる目に狂いはなかった。佐々木の目指している詩的世界は、歩んでいる行程は別として、『雲』を生んだ暮鳥の東洋的枯淡の世界に近いのではないのか。

佐々木は秋田を愛する詩人というより、暮鳥のようにグローバルな地球人として、秋田から世界に人類の恒久平和の重要さを発信している。よって佐々木の書く詩は一般的な郷土愛というより、人類愛のひとつの形の現れといってよいだろう。

タイトル・ポエムの「無窮動」は音楽でいう、曲の初めから終わりまでが繰り返される旋律で、それを少年の手によるテニス音に転用して書かれている。人間の生は誕生から死へ水平に向かっていくのではなく、永遠性の中で偶然時間が与えられているという感覚である。国内外の歌曲にも造詣の深い佐々木ならではのモチーフで、そこにはスポーツという事象を超越した生の躍動がある。この詩で、佐々木は少年が打っていたのはボールではなく鳥であるとし、それは赤い糸を咥えては放ち、その反復でついにコートは赤い布で覆われてしまう、実に鮮やかな超越的イメージである。佐々木の前で少年は相変わらずラケットを振っているが、それは「無窮動の舞」となって「空中に拡散」し、物語は収斂していく。そして、その光景は闇に畳まれて、生きとし生けるもののすべてが、消滅に向かっていくという結末。しかし、そこでの消滅はたえず再生を繰り返し、すなわち生も死も「無窮動」が織り成す一瞬の人間ドラマと化す。ここで佐々木は、そういう円環的世界の構築をめざしたのであろうか。

「揺れる万華鏡」という作品は副題に「無作為行進曲」とあり、佐々木によれば、これも「無窮動」という作品同様、人類は文明がもたらす恩恵の中、無作為と無感動の中に生まれたものである。近代文明は人を豊かにしたかの論議は別の主題になるが、佐々木によれば「巨大なブンカの十数世紀つづく都市群／恥ずかしげもなく惑乱して／実は意味なく哄笑し続ける／滝のように落涙し続ける」、無意味な時間の連鎖にすぎない。のちに触れる土崎空襲をみれば、ここまで人間の尊厳が地に落ちた絶望的な時代はない。悲しいけれど、それはもはや人の知性に訴えて解決できる期待は少なく、佐々木のように心ある人間は文明に対峙し、目の前の悲惨な現実を超越して生きることしかない。佐々木は秋田という風土に居住していることで、「虚実きらめく／はるかな街から／かすかな便り／分からない」（「雪の中で」）、「これらは神の皮肉だ／アイコデショ　アイコデショ／安易に生きる／俺たちへの皮肉だ」（「今日」）、「かなたを見あげれば／時を抱擁して／川は激怒した」（「祈る」）と、現代文明の本質を身体で透視できる環境に恵まれている。

　現在の自国ファーストの世界情勢をみていくと、聖書の「ノアの洪水」と「バベルの塔」の寓話が同時に起きてもおかしくはない。それほど、世界は人間の良心が欠如しているというのか、知性そのものが劣化してしまっている。たとえば、そろそろ高学歴受験エリートに国家運営を任せるのはやめるべきではないのか。彼らがどうして自己中心的な反知性主義に堕してしまうのか、そうした側面から物を言う人たちが出てきてもよい。それでも、私たちは佐々木のいうように「明日なき　かなたへ　果てなき／ひかりへ　明日を見て」（「深森の微睡み　あるいは　迷い」）、このまま生きていけばよいのか。はたして、これが七十三年前、あれだけの人的犠牲を払って手にした現実なのか。

　明治以降、日本の富国強兵政策は帝国主義讃美となって、国民の生命財産を守るどころか、つねにそれらを脅かし続けてきた。現在の日本の防衛予算は六年連続で増加し、一八年度は五兆一九一一億円となっている。北朝鮮からの脅威に備えるためという口実だが、アメリカから必要のない兵器を買わされているというのが実状である。たしかに江戸は、いろいろ前近代的ではあったが、人間にとってもっとも恐ろしい戦争の危機が身近にはなかった。佐々木は問う。

雪も融けました
ウスユキソウ　ハハコグサ
ほんとうだったのだろうか
　たとえば　明治27　明治37
昭和12　昭和16

（「ほんとうの春を」三連）

佐々木のいう「ほんとうの春」の到来は、現政権による平和憲法の改正論議の加速化など、さらに遠くなりつつある。震災など自然災害は別にして、つねに他国からの脅威に備えて生きるということ以上の不安はない。つぎの詩は、佐々木が現在へと至った心境を余すことなく伝えている。

私は眠りに落ちていきました／しかも安らかに／しっかり包み込まれて／／私は爽やかに目覚めました／たしかに小鳥の声に／たっぷりと浸って／／峯続きに／木々が手をとりあって／不確かにゆらぐ／そして霧の向こうから／声をかけて来る／／さあ行きなさい／その索漠とした心で／街のざわめきを削り取って／／終ったら／小鳥の声の中を／また山に帰ってきなさい

（「羽後の山中から」――本当の文明を慕いながら）

田村隆一は、太平洋戦争の敗戦を近代文明の破滅ととらえ、戦後詩人たちの民主化運動に沈黙したが、佐々木にはそうしたニヒリズムはない。もちろん、革命的ヒロイズムもない。宗教やアニミズムへの依存もない、あるのは内部によってのみ鍛え抜かれた、個によって立つ究極のユートピア思想である。佐々木は、知的に成熟すれば文明人になれるかの問いに、きっと否と答えるだろう。佐々木にとっての秋田は、他の力によって護られるべきものは何もない、究極の聖地といってよいかもしれない。そして、そこには同時に、だれからも収奪されることのない永遠性が担保されている。ここでの無垢な自然描写には、タゴールの影響がある……。

Ⅲ章「季節の風」は秋田の自然に対峙した詩篇。この章のガイダンスとして、佐々木の「燦杉讃　秋田」の紹介文を読むのがいちばん良い。

一八七一年（明治四）廃藩置県で秋田県が誕生し

たが、羽後国の大部分と陸中の国の一部を占める。奥羽山地が東の県境地帯を南北に縦断し、北に白神山地が、南に鳥海山、丁岳《ひのとだけ》山地が県境をつくる。県の北から南へと出羽山地が縦走し、その山並みを横断して米代川、雄物川、子吉川が西へ流れる。北の米代川は花輪、大館、鷹巣の盆地を潤して能代の平野から海に注ぐ。平鹿、仙北の盆地、平野を経て秋田平野へと雄物川が流れ河口に秋田港が位置する。南の子吉川流域には本荘平野がある。大まかに見れば三方が山に囲まれ西側が日本海に開けている。西側ののびやかな二三八キロの海岸線、中ごろに男鹿半島が突出しその根元に今は干拓された日本第二の湖だった八郎湖が位置する。秋田港を中心に海岸線に多くの港がある。

　青森県南西部から秋田県北西部にかけて広がる山岳地帯、白神山地は一九九三年、日本最初のユネスコ世界遺産（自然遺産）として屋久島とともに登録されている。佐々木はそこを訪れるが、もうそれはこの世のものとも思えぬ神々の住む絶景である。おそらく、ユネスコの調査員はそこに超越した神秘的な存在を見たにちがいない。「季節の風」は従来の叙情詩、叙事詩というカテゴリーに収まり切らない、佐々木ならではの新たな詩的スタイルを創り上げているといってよい。

　佐々木にとって、人として生きるにあたって、文明は看過できない矛盾した存在である。

豊《とよ》の国よ／人は身を任せて／きわだつ栗駒や丁岳に／子吉　雄物　奈曽の流れに　稲穂の稔りを托す

ゆっくり起き上がる
こうしては居られぬと
押し寄せてくる足音に
半ば焦りながら

（「寝そべって　―文明との共存」より）

現在、日本には戦争による殺戮行為こそないが、世界をマーケットに血なまぐさい過激な経済戦争が常態化している。過去の近代戦争はすべて背景に経済が絡んでいるので、そこにはつねに一触即発の危機が孕まれている。日本は豊かな自然の懐に身を任せ、生きていける「豊の国」でもある。現在のように経済効率優先で、食料の自給率を低下させていくことに何の未来も展望もない。はたして、そうしないと、みんなが飢えて生きていけないのか。東北人佐々木の詩には、賢治の「世界全体が幸福にならないうちは個人の幸福はあり得ない」の精神が無意識に宿っている。

佐々木が出した結論は、『文明の衝突』など、対立抗争によって開かれていく暴力的世界ではない。佐々木が繰り返し訴えているのは、人間が自然に身を任せて生きることの喜びで、それは何物にも代えがたい先人たちからの贈与である。画家でいえば、中央画壇と隔絶し奄美に骨を埋めた田中一村（一九〇八―一九七七）や二十年間も池袋の自宅から一歩も外に出ずに暮らした熊谷守一（一八八〇―一九七七）の存在がある。おそらく、佐々木の心境はそれに近い。佐々木の超越の仕方の特長は、あえて文明に分け入って火中の栗を拾い、反文明の姿勢を明らかにしているところだろう。

3

第Ⅳ章は「日本最後の空襲　土崎」。佐々木のライフワークである。土崎への空爆は、B29一三二機により、一九四五年八月十四日夜の十時二十七分から終戦の十五日未明まで続いたという。降伏受託が十四日の午後十一時だから、アメリカ兵の行動は常軌を逸している。こんな不条理を超越する思想科学など、世界のどこにも存在しない。いまだアメリカの空爆は世界各地で続いているのだから、この土崎空襲の反省など毛頭ないことを露呈している。佐々木が繰り返し語っているように、これへの抵抗はただひとつ、未来に「戦争の惨禍を語り継ぐ」努力を続けていくしかない。アメリカの標的は土崎の日石製油所周辺で、それにより二五〇人以上の死者、二〇〇人以上の負傷者を出したという。

　この章で、佐々木は関係者から丹念に聞き取り調査を行い、その生々しい空襲の実態を叙事的に再現している。佐々木には、すでに三年の期間をかけて、延一〇〇人の体験者の証言を集めた、土崎港被爆市民会議との共編著『証言・土崎空襲』（一九九二年・無明舎出版）がある。この本が出版されて、すでに二十六年が経過したが、語り部たちが鬼籍に入っていくなど、ますますこの語り手たちの重要性が再認識され始めている。戦争の記憶を風化させないためには、過去の悲惨な事実を具体的に次世代に語り継ぐことしかない。土崎警防団副団長　越中谷太郎さんの話、標的となった日石社員たちの話、二人の女学生の語り、稲葉医師のはなしなどが叙事詩的に綴られている。昨今のアメリカの無法ぶりをみても、平和憲法という法律が我々を守ってくれる保証はない。その意味で、佐々木の土崎の人たちの証言を叙事化した意味はことさら大きい。大きいし、それらを自らの詩集に収めたことには、決して単なる記録や資料として閉じ込めてしまうのではなく、世界への発信を意図する佐々木の強い気持ちが込められているのが伝わってくる。私たちは記録と同時に詩人佐々木久春を読むのである。

　そして、佐々木はこの章の最後を「世紀をこえてあれから七十一年目」という添え書きを持つ「叫ばなければ」という作品で閉じる。戦争終結から七十三年目の夏、私は佐々木世代の思いを胸に、どんな理由があっても、戦争だけはしてはいけないことを痛切に感じている。

詩集『無窮動』（二〇一八年）解説

中国現代詩と大西部の詩人たちとの交流

詩誌『地球』の佐々木久春ノート

鈴木豊志夫

佐々木久春氏（以下文中詩人敬称省略）は嘗て同じ詩誌『地球』同人として親しく指導をいただいた。この稿では佐々木久春がいかに日中の詩文化交流に貢献し、中国現代詩と詩人たちをどれほど親愛の情をもって日本に紹介したかを、その献身を『地球』誌から一部ノートに拾ってみたい。

一九九六年、前橋市で開催された第十六回世界詩人会議に中華人民共和国の詩人たち十二名が参加したことは画期的なことであった。その一人、牛漢の詩「汗血馬」とその基調講演で明らかにされた下放と断筆の体験談は衝撃であった。石原武は「『骨』によって語る未来」（毎日新聞同年九月三日）で牛漢の「私は故郷のトウモロコシのようにのっぽで、骨っぽい。しかしこれまでの苦しみ、迫害、監禁、追放、飢え、惨憺たる労働の数々に耐えたのはこの骨ゆえです。」「骨は無口ではない。かれらはすぐれた感受性と知性を持ち、永遠の記憶を語り続けています。骨と、手と心の疵、それが私の感受性」とその一端を紹介している。

佐々木久春は牛漢らと来日した傳天琳の作品「東方の子ら」八篇を翻訳、『地球』一一七号（一九九六年十二月発行）に寄せている。彼女もまた文革期に下放体験（十九年間）を持つ詩人である。当時、佐々木久春は北京大学中国文学科客員研究員として北京にいたのであるが、傳天琳を重慶に訪ねており、二度目の重慶行ではなんと彼女が下放されたという現地農場をともに訪れている。

農場に着くや、下放後いまなお残って農場長を勤める朱文洲氏を初め多くの人々が温かく迎えてくれた。農場は、土止めに岩盤を割って一層一層積み上げた段々畠、灌漑と飲料の山腹に造ったダムから斜面を走るパイプ、車も通れる道、青いがたわわに実るミカンやレモン。彼女はその一つひとつを愛おしむ。

彼女は、十九年間の苦しみを恨んではいないのであった。その日々が彼女を育んだと信じている。だから彼女の詩には、哀怨、憤懣、皮肉、矯飾等の相対的世界を超えた空にして無なる「道」が、悠々と堅固に、しかし細やかに美しく走っている。（以下略）

佐々木久春のこの指摘は、牛漢と傳天琳の受難の受け止め方の違いばかりではなく、現代中国にあってなお己を失うことなく固有の生きる叡智を持つ詩人のありようを語っているように思われる。この気づきは佐々木久春自身の作品・その詩行にもしばしば窺うことができるものであり、東洋思想の深淵につらなる一面であろう。

「空にして無なる『道』」は「古之所謂曲則全者」（老子）を想起する。

彼女の作品の翻訳が単に中国語を日本語に置き換える言語学の世界ではなく、同じ大地と同じ時空を共有し、自らの感性の琴線の振動を得て初めて日本語に置き換えていることが分かる。この翻訳時期に佐々木は中国国内出版の「中国女性詩歌文庫・傳天琳詩集『結束的誕生』」（春風文芸出版社）に年表と詩人論を寄せている。尚、同年に傳天琳の翻訳詩集『生命と微笑』上巻下巻（海流の会発行）二冊を原詩（中国語）を併記した編集で刊行している。

佐々木久春は傳天琳など幅広い親密な中国詩人の人脈を構築しているが、それは詩人一人一人との誠実な付き合いの積み重ねがあってのことであるが、背景に中国古典、漢詩文とその根差す思想への造詣と、同時に現代の中国思想と中国文学界、特に中国現代詩の新思潮への深い理解があって初めて得た信頼なのであろう。すでに一九九〇年土曜美術社版「世界現代詩文庫」の⑰『現代中国詩集』として結実している。さらに一九九四年十二月には、その中の評価の高い一人、福建省厦門在住の女流詩人舒婷の翻訳詩集『始祖鳥』を土曜美術社出版販売から刊行している。詩集には彼女のエッセーと初期詩篇「歌えるイチハツの花」、夫である陳仲義の舒婷詩人論、佐々木久春作成の年譜と解説が収められている。

後者について佐々木久春は一九九八年『詩と思想』三月号《特集中国現代の詩》に「中国詩壇一九七八以後」を執筆している。この詩論は一年前まで、北京大学中文系謝冕教授の下で中国詩壇の渦中にいた者のみ執筆できる内容で、また事実、中文学会でも発表(『現代漢詩・反詩與求索』作家出版社一九九七)している。八〇〜九〇年代の中国詩の変遷と詩人たちの状況は、日本詩人の多くが本論で初めて知る。

二〇〇〇年の「地球の詩祭」は『地球』創刊五十年記念『世界詩人祭2000東京』として開催された。既に親交の深い韓国と台湾の著名な詩人たちを始め、世界詩人会議会長ローズマリー・ウィルキンソンやキューバからホルヘ・ティモッシィ、ドイツのマシアス・クナイプ、スロベニアのアレク・デベリアク、イタリアのパオロ・ルッフィッリ、スペインのペテロ・J・ペニア、パレスチナのハナン・A・アワット、インドのアンドバー、モンゴルのG・メンド・オーヨーら多彩な参加者であった。この時、日本詩人たちは一九九六年の前橋での世界詩人会議では会えなかった次世代の中国詩人たちに初めて出会う。沈奇、楊克、何鋭、麦城、徐敬亜らが佐々木久春によって紹介され、代表して沈奇が中国現代詩の現在を語った。三日目、羽生市長の招待で実現した水郷公園での野外朗読会。中国詩人では深圳の王小妮が朗読し、八名全員で映画「赤いコーリャン」の主題歌を合唱する。夕映えを背景ににこやかに歌詞を紹介する佐々木久春の姿がそこにはあった。『地球』一一七号に来日した詩人の翻訳詩を、楊克「風の中の北京」、沈奇「世紀のこだま」、王小妮

「宙吊り」、麦城「失題」を寄せている。

アジア詩人会議の次回会場を「中国・西安で」という佐々木久春の提案は、登山家としてヒマラヤを歩き、天山山脈のボゴダ峰遠征や西域を詩の源泉とする秋谷豊の夢の実現に他ならなかった。

佐々木久春の提言から二年後、二〇〇二年七月、第八回アジア詩人会議が西安市のホテル唐華賓館で日・中・韓の詩人たちを中心に開催される。中国詩人たちの招聘と講演・朗読等の企画は主として佐々木久春が沈奇、楊克と進めたものであるが、さらに二〇〇四年開催の第九回アジア詩人会議とともに、日中韓詩人交流はもとより、実は中国の詩人たちにあっても画期的な会であったと思われる。

尚、アジア詩人会議に先立って佐々木久春は同年六月中国詩人団の団長を務めることになる呉思敬（首都師範大学教授）の主宰する中国現代文学研究会機関誌二〇〇二年版『詩探索』一～二合併号（天津社会科学院出版社）に詩論「日中現代詩の比較研究——両国児童詩に見られる特徴」を寄稿。児童詩と中国・唐宋詩と日本の和歌を比較考察するとともに、日本の平安王朝からの詩歌史、その中での漢詩文（李白・杜甫・白居易ら）の素養、さらに近代詩、プロレタリア詩等に言及。初めて中国で開催されるアジア詩人会議・西安がすでに準備されていたかのように受け取れる。

「第八回アジア詩人会議」は佐々木久春の通訳で呉思敬が団長挨拶、唐欣（蘭州大学教授）が基調講演「中国西部地区の現代詩と詩人たち」を講演した。彼が取り上げた詩人たちの多くが参加しており、特に南西部昆明から参加した于堅を高く評価したのが印象に残る。また中西部の成都・重慶を中心に活躍する四川省の詩人たち（楊黎、何小竹、柏樺、鐘鳴ら）を、西安では古典詩の嶺峰を超克する伊沙の詩業とその影響力を紹介した。西域では昌耀（故人）を、さらに女流詩人翟永明に言及。秦巴子、李岩、馬非、朱剣らの個性を挙げた。尚、何鋭、中島、雪迪、唐卡、同暁鋒、白立、杜暁英、蔡静ら参加者を佐々木久春、太陽舜、林均蔚、李承淳（韓国語）が紹介した。河北大学から駆け付けた太陽舜は佐々木久春の教え子である。

野外朗読会は興慶宮公園内の阿倍仲麻呂記念碑前広場で開催された。司会は沈奇、楊克が務め、于堅、伊沙、唐欣、秦巴子ら各国参加者二十九名が登壇した。（註：韓国・団長李根培、講演・成賛慶と范大錞、参加者二十四名詳細省略）

同年十一月開催の『地球の詩祭２００２《さいたま詩のフェスティバル》』で「第八回アジア詩人会議西安・敦煌」再現ライブで「中国現代詩の状況と中国での新聞報道から」を佐々木久春が講演、林均蔚が中国詩朗読を担当した。『地球』一三四号には佐々木久春訳詩の于堅「長い旅で」、中島「無題」、伊沙「風光無限」、唐卞「春わたしは死にそう」、沈奇「あの山あの人あの犬」、楊克「野生動物園」、雪迪「いつもの一日」七篇が掲載される。

二〇〇四年七月末第九回アジア詩人会議はウルムチで開催された。基調講演は第一回魯迅文学賞を受賞した沈葦。多くの新疆詩人が参加した。

西安（陝西省）からウルムチ（新疆ウイグル自治区）へ、さらに昆明（雲南省）での開催は沈奇の夢であることを誰よりも理解していたのは佐々木久春だったと思う。その次は出身地成都（中央政府直轄市）か重慶（中央政府直轄市）を考えていたのではないかと推察する。

沈奇は自らの立ち位置を、「中国で新しい朦朧詩の波が押し寄せてきたとき、それに対して西部の詩人たちは抵抗したのです。一九八〇年代初め、すでに当地区は前衛詩の大兵站部だった」と語り、新詩潮の詩人名を挙げた。その上、中国現代詩の「西北」という概念はもはや単一の概念ではなく、多元的で脱地域性を有し、個人個人の生存感や生命の体験を超越した姿勢で現代主義新詩潮の激流に融け込もうとするものだと紹介した。そこには三つの傾向があると指摘する。第一は古典精神と現代意識等の重層構造を土台とする沈葦、古馬ら。第二に現代意識探索という理念で口語と叙事性の美学の追究の外に、最も根本的な詩歌の真の精神を高揚し、文化人的虚偽を排除し「話し手」の立場で詩的営為が行われる。西部詩は新旧、未開と先進、抑圧と抗争、伝統と現代が激しく衝突する文化領域として「血の不純」なところであり、そこに興奮のエネルギーを見出す混血文化の地域だと韓東、伊沙、唐欣、馬非、朱剣らに言及。一方、政府主導の詩意識（官方主流詩歌意識）を持つ多くの詩人たちが存在するが、「一七年」伝統詩と新時期官方詩は模倣と複製、類型の呪縛から脱していないとして三番目の特徴に数えた。沈奇はこれら第一、第二に位置付けられる大西北の挑戦的な詩人たちの活動なくして中国の現代詩は語れないと結語した。

二〇〇五年、品川（プリンスホテル）とさいたま市で開催された『地球の詩祭』を兼ねて開催された『アジア環太平洋詩人会議』に来日した中国詩人たちは八名。前夜祭を含め三日間にわたって開催されたが、スケジュールいっぱいで、しかもどの会場でも登壇希望者が多く、疎外されたグループもでた。中国詩人を代表しての基調講演は首都師範大学教授王光明が務めた。沈奇、楊克、趙野は朗読やショートスピーチに回った。

王光明は講演『近年の中国詩壇』の中で「二十世紀・八〇年代以前、文革が終わると大多数の中国の詩人は、往々にして直接に時代に向き合った。そして九〇年代以来、注意すべきは時代の命運の中にある人が、故人の経験、記憶、イメージ、時代との対話という影響を受けた」（通訳佐々木久春）と詩歌史の変革の過渡期を解説し、さらにインターネットの詩歌サイトにも触れた。『地球』一四一号の特集に佐々木久春は王光明講演録訳文と楊克の広州『南方都市報』の記事を題名としたエッセー「詩歌こそ民族共通の言葉」を、さらに趙野「冬」「毎日こんなに大雨が」「この都会はいささか記憶を放棄した」、楊克「夏時間」、沈奇「十二時」の翻訳詩を掲載、『秋田魁新報』（十一月二十八日）コラムには「アジア環太平洋詩人会議」を執筆している。

私の手元に一枚の写真がある。十一月のさいたま市南区別所沼公園ヒヤシンスハウス前の野外朗読会会場は夕刻を迎えて冷え込んできた。その寒そうな様子に気付き、中国から来た彼らを公園内の茶房に「コーヒーを飲もう」と私が誘ったのである。そのとき「明日から佐々木先生の招待で秋田に行く」と知らされた。当時は現在とは大きく違い、まだ日本側が一部経済的負担をしていたことを考えると、彼らの来日実現にはおそらく佐々木久春が多方面から少なからぬ支援をされていたように思われる。さらに秋田招待である。後年私自身が直接体験して判明したことであるが、実は招聘者へのビザの交付が厳しく、世界詩人会議では来日予定者の名簿に名前を連ねながら来日できなかった中国詩人がいた。おそらく中国詩人のほとんどが佐々木久春の個人保証でビザを取得し、来日が実現したようである。

なお佐々木久春は前記エッセーの中に「参加した沈奇と趙野から、二〇〇七年には中国の山紫水明の地、昆明、麗江を中心として世界大会を共催したいという申し出が届いている」とあった。

第一〇回アジア詩人会議は、二〇〇七年八月、雲南省昆明・麗江・香格里拉《シャングリラ》で開催された。昆明での詩人たちとの交流には、主会場が香格里拉になり中国側を取りまとめていた沈奇や楊克の姿はなく、現地の若手の詩人で作家（『雲南詩歌』主宰）でもある余地が世話役であった。おそらく楊克から佐々木久春に紹介されていたのは鄒昆凌（詩歌雑誌『滇池』編集長）と易暉（『春秋晩報』学芸部長）だったかもしれない。石林で開催された野外朗読会は中国詩人たちに強い印象を与えたらしく大判の日刊夕刊紙『春秋晩報』一頁全面に写真入り（鄒昆凌・佐々木久春ら）でその模様が取り上げられ、日本詩人団副代表佐々木久春へのインタビュー記事が大きく紹介された。なおこの昆明では佐々木にとって予期せぬ出会いがあった。中国詩人たちの朗読詩の同時通訳を務め、鄒昆凌の自己紹介の内容に驚く。それは「私の祖父は鄒世俊といい秋田の鉱山専門学校に在学して、一九〇五年から十八年間日本にいた」というものだった。帰国後、秋田大学工学資源学部の協力を得て、詩人の祖父の留学を確認し『秋田魁新報』（二〇〇七年一〇月二二日）の「月曜論壇」で紹介（「中国雲南の虚実二話」）している。『地球』一四六号にエッセー「雲南行・人間の源流を求めて」を寄せ、その中で沈奇とともに地元責任者を務めた香格里拉の女流詩人単増曲措《ダンツンチュイツォ》の朗読詩「小鳥は歌う」の一節を紹介している。なお同誌に翻訳詩篇十一篇を発表。鄒昆凌「昔からの路で」「人魚同体」、易暉「雪線」「蛇の前で（その一）（その二）」、余地「村の大通りで」、馮羽之「水鳥」「桐の花」「海源村のスケッチ」、人面魚（張正宝）「関係」、張翔武「孔雀の羽根」、これは昆明石林野外朗読会で読まれた作品群。

石林での昼食会時に私は若い雲南の詩人たち（馮羽之、林清泉、張翔武、張正宝、曽園ら）に詩を書くようになった動機を尋ねてみた。「詩に興味を持ったのは小学生のとき、きっかけは詩の暗唱授業」だという。現代中国の暗唱のテキストにどのような詩が取り上げられているのかまでは確認できなかったが、古来より詩を大切にしてきた国民である。中国詩人との信頼関係には中国の古典の素養が求められることをあらためて認識した瞬間であった。

佐々木久春の詩風にその中国古典の素養が秘められているように思うのは私一人ではないだろう。品位と格調の高さは、土井晩翠ゆかりの学舎で学んだ青春時代に培われた漢詩文にあるのではと推察される。

この雲南体験が結実した佐々木久春詩「麗江幻想」は、現地ナシ族の信仰の山、玉龍雪山と東北の雄峰鳥海山系稲蔵山が二重写しの背景となって、各々の山の民の生きる証しを問うような哀切の絶唱である。

（二〇二三年七月）

■佐々木久春略年譜

一九三四（昭和九）年　当歳
三月六日、宮城県仙台市生まれ。

一九四〇（同十五）年　六歳
仙台市立向山小学校に入学。

一九四四（同十九）年　十歳
山形県北村山郡亀井田小学校に疎開転校。

一九四八（同二十三）年　十四歳
亀井田小学校を卒業、北村山郡亀井田中学校に入学。
二年生の時仙台に戻り、仙台市立五橋中学校に転校。

一九五〇（同二十五）年　十六歳
五橋中学校を卒業、宮城県立仙台第一高等学校に入学。

一九五三（同二十八）年　十九歳
仙台第一高等学校を卒業、東北大学文学部に入学。

一九五七（同三十二）年　二十三歳
東北大学文学部国語国文学科を卒業。

一九六二（同三十七）年　二十八歳
詩集『青』出版。

一九六四（同三十九）年　三十歳
東北大学助手、東北大学大学院国語国文学科修士課程、同博士課程を修了。

一九六五（同四十）年　三十一歳
秋田工業高等専門学校講師、助教授。
詩集『体験の記号』出版。

一九六九（同四十四）年　三十五歳
秋田大学教育学部（国語国文学科）助教授、教授。

一九七七（同五十二）年　四十三歳
一人詩集『深淵』Ⅰ～Ⅻ（～七九年）。

一九七九（同五十四）年　四十五歳
四月、国文学資料館調査員。

一九八一（同五十六）年　四十七歳
絵本『はまなすはみた—土崎空襲のはなし』出版。

一九八二（同五十七）年　四十八歳
『花塵録—種蒔く人・今野賢三日記』（編著）出版。

一九八五（同六十）年　五十一歳
四月、七月、日本現代詩歌文学館評議員。
一九八七（同六十二）年　五十三歳
七月、任中国黒竜江大学日語系顧問教授。
一九九〇（平成二）年　五十六歳
編訳詩集　世界現代詩文庫17『現代中国詩集』（土曜美術社）出版。
一九九一（同三）年　五十七歳
平成二年度秋田県芸術選奨を受賞。
一九九二（同四）年　五十八歳
『証言・土崎空襲』（編著）出版。
一九九三（同五）年　五十九歳
詩集『光と水と風の音』（海流の会）出版。
一九九四（同六）年　六十歳
訳詩集　舒婷『始祖鳥』（土曜美術社出版販売）出版。
六月、北京大学招待研究員（北京大学中文招待、～九七年一月）。
一九九六（同八）年　六十二歳
七月、十月、訳詩集　傳天琳『生命と微笑』（上・下）出版。
一九九七（同九）年　六十三歳
「北日本子どもの詩大賞」選考委員。
一九九八（同十）年　六十四歳
『現代汉詩：反思与求索』（分担執筆、北京作家出版社）。
一九九九（同十一）年　六十五歳
三月、秋田大学永年勤続表彰、秋田大学を定年退官、秋田大学名誉教授。
四月より新設の秋田県立大学教授に選任（兼任、総合科学教育センター長）。
二〇〇〇（同十二）年　六十六歳
詩集『佐々木久春詩集』（土曜美術社出版販売）出版。
論文『秋田の文芸と風土』。
二月、『近松文芸の研究』により文学博士号（東北大学）を授与。
二〇〇一（同十三）年　六十七歳
九月、任中国河北大学外国語学院兼職教授。

二〇〇二（同十四）年　六十八歳
絵本『続・はまなすはみた―語りつぐ土崎空襲』出版。
二〇〇五（同十七）年　七十一歳
秋田県立大学を退任。秋田県立大学名誉教授。
二〇〇六（同十八）年　七十二歳
二月、秋田県文学資料館収集検討委員会委員。
二〇〇八（同二十）年　七十四歳
詩集『羽州朔方』（思潮社）出版。
二〇〇九（同二十一）年　七十五歳
十月、詩同人「北五星」を主宰、詩誌「北五星」創刊（現在二九号まで刊行中）。
論文『伊藤永之介「平田篤胤」』。
二〇一三（同二十五）年　七十九歳
『東北近代文学事典』（分担執筆）出版。
二〇一四（同二十六）年　八十歳
詩集『土になり水になり』（土曜美術社出版販売）出版。
二〇一五（同二十七）年　八十一歳
詩集『土になり水になり』により第十六回秋田県詩人賞を受賞。
秋谷豊詩鳩賞を受賞。
瑞宝中綬章を受章。
二〇一六（同二十八）年　八十二歳
文学資料館収集検討委員会十周年記念感謝状を授与。
二〇一八（同三十）年　八十四歳
詩集『無窮動』（土曜美術社出版販売）出版。
二〇二一（令和三）年　八十七歳
日本詩人クラブ名誉会員表彰。
二〇二二（同四）年　八十八歳
秋田市文化選奨を受賞。

新・日本現代詩文庫 165 佐々木《ささき》久春《ひさはる》詩集

発　行　二〇二四年三月三十一日　初版

著　者　佐々木久春
装　幀　森本良成
発行者　高木祐子
発行所　土曜美術社出版販売
〒162-0813　東京都新宿区東五軒町三―一〇
電　話　〇三―五二二九―〇七三〇
FAX　〇三―五二二九―〇七三二
振　替　〇〇一六〇―九―七五六九〇九
印刷・製本　モリモト印刷
ISBN978-4-8120-2826-1　C0192

新・日本現代詩文庫

土曜美術社出版販売

◆定価1540円（税込）